꿈이 이루어졌어요

꿈이 이루어졌어요

꿈이 이루어졌어요

경원대학교 사회봉사단 집현전반

도서출판 역락

축 사

친애하는 경원대학교 '집현전반' 학생과 졸업생, 그리고 강사 선생님 여러분 안녕하십니까.

저는 우리 대학이 펼치고 있는 여러 가지 사회봉사 프로그램 중에서도 '집현전반'을 최고로 손꼽고 싶습니다. 저 역시 인술(仁術)을 통한 사회봉사를 필생의 업으로 삼고 교육, 의료, 문화, 봉사 활동에 온 힘을 쏟아 왔지만, 세상 문물을 공유하도록 눈을 밝혀주는 '문맹퇴치(文盲退治) 봉사만큼 값진 일은 없기 때문입니다.

'집현전반'은 지난 1995년 11월에 시작하여 금년으로 벌써 14년이 되었습니다. 그동안 우리 대학이 위치한 성남시 인근 여러 지역의 1천 명이 넘는 분들이 이 곳을 통해 한글을 깨치고 문자 세계의 밝은 빛을 누리게 되었습니다.

한글 습득을 통해 이분들이 얻은 것은 바로 자신감입니다.

은행에 가서 돈 찾는 일, 지하철 역과 버스 노선을 읽는 일, 먼 곳에 있는 자식과 편지를 주고받는 일 등을 이제 스스럼없이 할 수 있게 된 것입니다. 그분들에게는 돈 몇 푼, 선물 몇 꾸러미의 물질적 행복과 결코 바꿀 수 없는 진한 기쁨이자 보람일 것입니다.

언젠가 할머니 학생께서 제 손을 꼭 잡고 "나이 60이 넘어 눈 뜬 장님을 면하게 해주시니 정말로 감사드립니다."라고 꾸벅 절을 했던 것도 바로 그런 기쁨의 표시였던 것 같습니다.

　'집현전'이 운영된 지난 14년 동안 경원대학교 사회봉사단이 수많은 자원봉사상과 지원금을 받았습니다. 조선일보, 중앙일보, 동아일보 등 주요 언론과 성남 지역신문에도 여러 차례 크게 보도되었습니다. 충분히 가치 있는 봉사활동을 했고 주변에서도 그 정신과 실천력을 인정해 준 것입니다.

　이제, 이 값진 봉사 활동의 열매들을 모음집으로 만들어 세상에 널리 알리게 됐으니 진심으로 축하를 드립니다.

　더구나 전문가도 깜짝 놀랄 주옥같은 글들은 여러분들의 행복과 기쁨의 표현으로 생각하며 그런 의미에서 이번 집현전 원고 모음집『꿈이 이루어졌어요』발행을 다시 한번 축하 드립니다.

　아무쪼록 아직도 개안(開眼)의 혜택을 누리지 못한 노년층에 대한 홍보를 더욱 강화해 그들과 기쁨을 함께 나누는 봉사를 앞으로도 지속하기를 기대합니다. 소명감과 이웃 사랑의 정신으로 14년을 한결같이 봉사해 온 경원대 '집현전' 한글 강사 분들과 사회봉사단, 그리고 이 모든 과업을 헌신적으로 이끌어 오신 이광정 교수님께 거듭 감사드립니다.

2008년 7월
경원대학교　총장
의학박사　이 길 여

꿈이 이루어졌어요

이 작고 아름다운 조그마한 책자는 <경원대학교 사회봉사단 집현전 반>에서 14년간 시행해 온 한글교육의 열매입니다.

"당신의 소망이 무엇이냐?"고 하나님이 물으신다면 백범 김구 선생은 우리나라의 완전한 자주독립이라고 하였습니다.

우리 <집현전반> 어머니들의 소원은 한글을 잘 읽고 쓰는 것이었습니다. 내가 내릴 지하철역 이름도 읽고, 친구와 만날 장소의 간판도 읽고, 은행에 가서 혼자 돈도 찾고, 멀리 있는 친구와 편지를 주고받고, 손자 손녀들에게 편지도 쓰는 것입니다.

이제 꿈은 이루어졌습니다.

처음에는 글자를 읽을 줄도 모르던 어머니들이 이제는 아주 훌륭한 글을 쓰는 분들이 많아졌고, 전문가가 보아도 놀랄 만한 글을 쓴 분도 있습니다.

제1부 사랑하는 이에게
제2부 한글을 배우고
제3부 맛있는 이야기
제4부 가족 이야기
제5부 살아오면서
제6부 그밖의 이야기
제7부 집현전반의 현황

　이러한 <한글교육의 열매>가 맺어지게 된 것은 <사회봉사>를 평생의 삶의 지표로 삼아 오신 이길여 총장님의 큰 뜻이 있었기에 가능하였습니다.

　쾌적한 넓은 공간은 물론 경제적인 지원을 지속적으로 해주시고, 격려를 아끼지 않으셨기 때문에 가능하였습니다.

　총장님께 우리 모두 삼가 경의를 표합니다.

　이 책자의 발간은 한글교육에 참여하였던 우리 대학의 <한글반교사>들이 글을 모으고, 원고를 수정하고, 편집도 하였습니다.

　이 작은 책자가 한알의 밀알이 되어 우리 사회에 밝은 빛을 주는 희망의 등불로 밝혀지고, '꿈은 이루어진다'는 신념을 젊은이는 물론 꿈을 가진 모든 이의 가슴에 담아 보내는 전령사가 되기를 소원합니다.

2008년 8월 1일
경원대학교 사회봉사단 집현전반 지도교수 이 광 정

집현전 교재 서문

경원대학교에는 <집현전반>이라는 "한글무상교육" 프로그램이 개설하였습니다. 지역사회봉사의 일환으로 1995년 11월에 시작하여 금년으로 14년이 되었습니다. 그 동안 연인원 1,500명이 넘는 분들이 과정을 통하여 문자세계의 밝은 빛을 누리게 되었습니다.

이 교육프로그램을 위하여 14년 간이나 넓은 공간과 재정적 지원을 아끼지 않으신 총장님께, 수강생들과 지도교사들을 대신하여 감사의 말씀을 드립니다. 그리고 총장님께서는 공부를 하고자 하는 학생들이 있는 한 앞으로도 계속적으로 지원해주실 것입니다.

한 동안 우리는 <초등학교 교과서>를 위시하여 기존의 여러 교재들을 가지고 수업을 하였습니다. 그러나 늘 마음에 미흡하게 생각되어 교재개발을 하게 되었습니다.

그리하여 2000년 3월에 <초급반> Ⅰ, <중급반> Ⅰ·Ⅱ, <상급반> Ⅰ·Ⅱ 등 5권을 개발하여 무상으로 제공하였습니다. 2001년에는 이들 교재를 수정 보완하여 6권의 책으로 만들었습니다. 매학기마다 증보하여 사용하다가 2004년 2학기부터는 책자의 크기도 달리하고, 또 새로운 내용으로 개편하고 있습니다. 그간 개발한 책은 6종 32권에 달합니다.

이 책자는 그 동안의 현장교육경험을 토대로 하여 이루어진 것이어서 이와 유사한 교육기관에서 빌려다 쓸 정도로 우수한 것입니다.

그동안 헌신적으로 이 교육프로그램에 참여하였던 경원대학교 국어국문학과 출신의 여러 지도교사들의 노고에 치하를 드립니다. 연구와 학업의 바쁜 틈바구니에서도, 매학기 새로운 교재를 만들기 위하여 애를 쓴 박찬식, 김진호 박사를 비롯하여, 박사과정의 이태환, 김규진, 유문학, 양병남 선생에게 고마운 뜻을 전합니다.

우리 학교의 귀한 손님이자 학생이신 연세 지긋하신 할머니, 어머니 여러분들!

비가 오나 눈이 오나 변함없이 학교에 나오셔서 열심히 공부해주셔서 고맙습니다. 최근 5년 동안은, 더운 여름방학과 추운 겨울방학에도 열심히 학교에 나오셔서 공부를 하셨습니다.

2005년 가을을 맞아 지난 2004년 가을 학기에 만든 교재를 전반적으로 새롭게 바꾸었습니다. 2005년 가을 학기 교재는 특별한 의미가 있는 교재입니다. <한국대학사회봉사협의회>가 <경원대학교 집현전반>의 사회봉사활동을 심사·검토한 후, 교재발간을 위한 재정지원을 해주었습니다. 이 지원금으로 우리는 전보다 알찬 교재 3권을 새로이 만들었습니다. 책의 내용 면에서도 우리의 역사 이야기와 생활 속에서 자주 쓰이는 고사성어를 추가하였고 분량 면에서도 종전보다 100면 정도 늘어났습니다.

이 책자가 어머니들의 문자생활에 좋은 길잡이가 되고, 새로운 독서생활을 여는 데 큰 보탬이 되기를 기원합니다.

2005년 9월 1일

경원대학교 사회봉사단 집현전반 지도교수 이 광 정

경원대 한글교실 '집현전반'

이광정(국어국문학과 교수)

한글이 만들어진 해가 1444년 1월이니 금년은 554돌이 된다. 세계에서 가장 훌륭한 문자라는 데 이견이 없다. 가장 훌륭한 글인데도 고식적인 학자들의 굳은 생각 때문에 제 구실을 제대로 하지 못했었다. 대한제국 이후 국자로서의 자리를 찾았었으나 1910년 한일합방으로 글자는 말할 것도 없고 말까지 빼앗겼던 것이 우리의 실정이었다. 다소 과장된 것 같은데 1945년 해방 당시 우리의 문맹률이 90%이었다는 통계가 있다. 보통학교 교육과정에서 조선어교육이 제외되었을 뿐 아니라 이들을 가르치고 말하는 것조차 엄격히 금지되었었다. 해방 이후 이들 문맹자에 대한 국가적 차원에서의 대책이 없이 방치된 채 오늘에 이른 것이 남한의 실정이다. 북한은 공산주의 노선을 추진해 나가는 데 있어 언어정책이 중요한 과제로 떠올랐고 대중의 사상교육을 위해 문자교육이 절박하였다. 그리하여 1946년부터 1949년까지 대대적으로 문맹퇴치 사업을 벌여 전주민의 3분의 1에 해당하는 약 250만 명에게 한글교육을 깨우치게 하는 실적을 올렸다.

남한에는 아직도 많은 수의 사람들이 문맹이란 고도의 정신적 고통을 당하고 있다. 경원대학교가 위치한 성남지역, 인근 송파지역에는 2~3만 명이 이러한 어려움을 겪고 있는 것으로 추산한다. 이들의 고통을 덜어

주기 위하여 미약하나마 지역사회의 야학, 또는 교회 등에서 문맹퇴치사업을 담당하여 왔었다. 이러한 지역사회의 여건 속에서 본 대학교가 이 일을 지원하고 나서게 된 것이 1995년 11월이다. 본 대학교 사회교육원 『집현전반』이란 이름으로 처음 문을 열었다. 초급반, 중급반, 상급반으로 나누어 가르치는데 초급반은 물론 "가, 갸, 거, 겨"에서 "ㄱ, ㄴ, ㄷ, ㄹ" 부터 시작했다. 뜻대로 되지 않는다고 눈물을 펑펑 쏟는 할머니도 있었다. 얼마 후 이들이 은행에 가서 자기 손으로 돈을 찾게 되었다고 감격스러워 하고, 시집간 딸에게 편지도 쓰고, 손자 손녀들이 공부도 도와주고, 공책도 사다준다고 자랑스러워하는 등 갖가지 사연은 가슴을 뭉클하게 한다. 30대에서 70대까지 구성원이 다양하다. 어린 아기를 업고 오는 어머니들이 있다. 도시락을 싸들고 와서 자기 반에서만 하는 것으로는 부족하다 하여 이웃 반 공부까지 하는 할머니들도 적지 않다. 이곳에서 수료증을 받은 분은 1996년 160명, 1997년 154명, 1998년 154명의 통계가 있다. 수료나 통계 숫자는 중요하지 않다. 4년을 계속해서 공부하는 분이 적지 않다. 갖가지 사정으로 학업을 계속하지 못하는 것이 안타까울 따름이다. 특히 노쇠한 할머니가 오래 결석을 할 때는 불안한 생각 든다. 이들에게 꿈을 갖게 해드리는 것이 우리의 교육목표다.

　우리의 교육과정은 초등학교 교육 중 우리말을 읽고 쓰게 하는 데에 초점을 두고 있다. 한때는 산수공부도 별도로 하였고, 국어 이외에 우리의 역사와 사회생활의 안내 등 실용교육도 부분적으로 하고 있다. 보다 체계화할 계획이다. 학급운영은 지난해의 경우 초급반 2개 반, 중급반 1개 반으로 운영하였다. 각 반은 2명씩 교사들이 전담하는데, 이들은 경원대학교 국어국문학과 석사, 박사과정의 재학생 및 수료생들이다.

　미흡한 점이 많은 교육이지만 이만큼 이루어지는 데에는 여러 곳의 도움이 있었다. 먼저 학교당국은 넓은 공간을 할애하여 공부할 수 있는 쾌적한 교육환경을 만들어 주었고, 금전적, 행정적 지원을 아끼지 않고 있다. 학생들이 사용하고 난 교과서를 모아두었다가 보내주는 인근 초등학교의 선생님들, 연필·공책 등 학용품을 보내주는 어느 회사 사장님 등 많은 분들의 도움과 격려가 있다.

　우리의 가장 큰 바람은 보다 많은 분들이 이 프로그램에 참여하는 일이고, 그 분들에게 새로운 꿈을 심어드리는 일이다. 문자를 통하여 뒤늦게지만 안데르센 동화의 나라도 가게 하고, 헬렌켈러의 얘기를 곱씹으며 대학교정으로 향하는 발걸음을 가볍게 해드리고, 얼굴에 환한 웃음을 갖게 해드리는 일이다.

차 례

제1부 사랑하는 이에게 · 17

신화자, 김복순, 박창숙, 이대순, 서춘자, 안기순, 김용순, 위삼례,
전덕수, 김백순, 조순애, 한경순, 이성남, 정환임, 이칠남, 김순례,
박창숙, 서춘자, 안기순, 박창숙

제2부 한글을 배우고 · 45

서춘자, 오춘애, 박창숙, 송정자, 신화자, 유원희, 전덕수, 김백순,
우호순, 김용순, 김필녀, 정부선, 두정복, 정환임, 최영자, 안기순,
곽영수, 오기심, 김순례, 김금자, 박순영, 위삼례, 서춘자, 박창숙,
전덕수, 김용순

제3부 맛있는 이야기 · 83

정환임, 오춘애, 우호순, 박창숙, 한경순, 두정례, 두정복, 차성호,
남낙순, 송기문, 박순심, 전덕수, 이두지, 오기심, 정부선, 박동덕,
김순례, 김수남, 정명희, 한미애, 조순애, 위삼례

제1부 **사랑하는 이에게**

사랑하는 가족과 친구, 그리고 선생님에게 쓴 편지글입니다.

사랑하는 자식에게

신화자

2006년을 시작한 지도 벌써 반년이 되어간다. 사랑하는 아이들도 건강하게 잘 지내고 있지? 사랑하는 아들 며느리 사랑한다. 아이들도 잘 지내고 있지? 내가 사랑한다. 좋아한 공부 열심히 해서 고맙다. 아들아 보고 싶다. 사랑하는 아들아! 특히 아들아, 건강해야 한다. 그리고 아이들도 건강하게 잘 있지? 엄마는 잘 있단다. 걱정하지 마라. 엄마가 사랑한다.

2006년 6월 19일

친구에게

김복순

나는 어느 날 남한산성 산에서 친구를 만나서 놀다가 친구가 경원대학교에서 사회봉사단 집현전반에서 한글을 무상으로 가르쳐 준다고 친구가 가르쳐주었다. 나는 경원대학교를 찾아가서 공부를 하고 친구도 사귀었다. 내 짝이 공부를 잘 하여서 나를 많이 가르쳐 준다. 나는 글을 잘 쓰지 못하여서 답답하고 힘들었다. 그러나 이제 내 손으로 글씨를 쓰니까 조금이나마 마음이 행복하다. 친구야 고맙다. 나는 친구도 없었는데 학교에 가서 친구도 많이 사귀었다. 글이 잘 써지지 않아서 글을 많이 쓸 수가 없다. 선생님들께서 얼마나 수고가 많으십니까. 글을 보지 못하는 저희들에게 눈을 뜨게 해주셔서 감사합니다.

사랑하는 자식들에게

박창숙

날씨는 무더운데 얼마나 고생이 많으니. 이 세상에 하나밖에 없는 내 사랑하는 아들. 이 엄마는 항상 너를 생각하면 마음이 아프단다. 너에게 아무것도 해준 게 없어서 미안하구나, 성환아. 그리고 이 세상에 하나밖에 없는 사랑하는 내 며느리 해영아. 없는 집에 시집와서 얼마나 마음고생이 많을 거라고 생각한다. 이렇게 더운 날씨에도 사랑하는 내 손자를 기르느라고 힘이 들겠구나. 그렇지만 먼 훗날을 생각하며 잘 길러야 한단다. 알았지 해영아. 항상 너를 생각하면 미안하고나. 해영아 저번에 집에 와서 사일동안 쉰다고 왔는데 오히려 네가 힘들지는 않았는지 이 엄마는 항상 너를 믿는다. 지금도 잘하고 있지만 너의 신랑도 잘 챙기고 너의 아들도 잘 키워라. 먼 훗날 생각하며 그럼 이만 줄이겠다.

감사한 선생님

이대순

6·25 사변 때 부모님은 일찍 돌아가시고 사남매가 고생하면서 살다가 성장하며 26세에 시집을 오니, 어려운 살림에 육남매 맏이로 고생이 말이 아니 없습니다. 세월은 흘러 동생들은 다 결혼하고 제가 낳은 아들 딸 남매도 건강하게 성장하여 결혼하고, 지금은 아들 내외 손자 손녀, 네 식구가 외국에 살고 있습니다. 열심히 산 덕분에 가정 형편도 좋아졌지만 식구를 떠나 보낸 마음이 허전하였습니다. 그러던 중 경원대 집현전에 오게 되었습니다. 처음에는 많이 망설였지만 참 잘했다 싶습니다. 학교생활이 즐겁습니다. 또박또박 열심히 가르쳐 주시는 양 선생님, 뜻풀이까지 해주시는 엄 선생님, 하나하나 어려운 받침을 설명해 주시는 김 선생님, 역사 이야기까지 해주시는 유 선생님, 상냥하고 재미있게 가르쳐 주시는 이 선생님, 목이 아프게 열 번 이상 읽고 쓰는 박 선생님, 한 자 한 자 배우고 너무 즐겁습니다. 참 감사합니다. 열심히 배우고 또 배워서 선생님들의 노력에 보답하겠습니다.

2007년 7월 30일

보고 싶은 부모님

서춘자

아버지 어머님 보고 싶습니다. 지금은 안 계시지만 그래도 보고 싶습니다. 어머니 이 딸도 이제는 육십이 되었습니다. 어머니 살아계실 때 편지 한 장 쓸 수 없어 한이 되었습니다. 이제라도 아버지 어머님께 편지를 씁니다. 말이 잘 되지 않습니다. 어머니 앞으로 공부 많이 배워서 내 가슴에 쌓인 한을 글로 다 쓰겠습니다. 아버지 어머니 이제는 은행에 가서 돈도 내 마음대로 찾을 수 있습니다. 집현전 초급반 선생님들께서 열심히 가르쳐주십니다. 앞으로 열심히 많이 배워서 좋은 말 쓰겠습니다.

고마운 분들에게

안기순

학교에 나온 지가 벌써 17개월이나 되었습니다. 총장님께 감사합니다. 모든 선생님께도 감사 말씀 드립니다. 많은 어머니들이 모두 고맙게 생각합니다. 학교에서 공부하면서 너무나도 행복합니다. 우리 집에서도 손녀 손자 모두 할머니, 할머니 사랑해요 할머니 파이팅 할머니 축하합니다. 공부 열심히 하세요. 할머니 선물이에요. 하면서 공책 연필 필통 지우개 모두 주면서 할머니 공부 잘 하세요 하더군요. 너무나 행복합니다. 어머님 사랑합니다. 어머님 공부 많이 하세요. 아들 며느리 모두 축하합니다. 할머니 우리 할머니 사랑해요. 할머니 안녕히 다녀오세요.

사랑스러운 둘째 아들에게

김용순

나의 아들 원철아, 그 동안 잘 있었니? 편지로 만날 수 있다니 참으로 반갑구나. 요즘 날씨가 쌀쌀한데 감기는 걸리지 않고 건강히 잘 지내니? 내가 이렇게 글씨를 배워서 너에게 편지를 쓰고 있단다. 요즘 회사가 어렵지. 이럴 때일수록 딴 일에 신경 쓰지 말고 일 열심히 하렴. 아무리 어렵더라도 가족들과 우리들 생각하며 힘을 내거라. 어릴 때 장난만 치던 네가 이제 듬직한 아빠와 아들이 되었구나. 앞으로도 건강하게 잘 지내거라. 내가 글씨를 배우니까 이런 보람을 느끼게 되는구나. 내가 앞으로도 편지를 쓸테니 기대하기 바란다.

내가 글씨를 배우는 만큼 너도 일 열심히 하여라. 그리고 또 차 조심하여라. 항상 차를 험하게 모니 걱정이 되는구나. 술도 많이 먹어서 걱정이다. 담배도 끊었으면 좋겠다. 아무튼 항상 몸 생각하고 네 옆에 너의 가족들과 네 에미가 있다는 것을 생각해라.

어머님께

위삼례

가슴 속에 언제나 큰 강이 흐른답니다. 자식을 위해 온몸을 불사른 사랑의 강이 흐르고 가슴 속 그윽한 곳에 어머니의 강이 흐른다. 밀물과 썰물 같은 사랑, 가을이란 이름으로 온산을 빨갛게 물들이던 나무들도, 길가의 노란 은행잎도 만삭의 꿈을 이룬 뒤 이젠 한 잎, 두 잎 낙하하는 나뭇잎을 보면 숙연해진다. 낳으셨다는 그 이유 하나만으로 넓고 푸른 바다의 들고 나는 밀물과 썰물처럼 끝없이 수없이 안아 주시고 그렇게 사시고는 마음 한 구석에 항상 부족하다고 여기시는 우리 어머님. 철없던 시절 나의 불만을 그저 가슴으로 감싸시며 따뜻한 손길로 두 손 꼭 잡아 주시던 어머님 사랑합니다. 어머님께서는 영원히 그 자리에 계실 알았는데 어느 날 준비도 없이 떠나셨습니다. 많이 보고 싶습니다. 사랑합니다. 계시지 않으시지만 어머님의 은혜와 자식에게 쏟으신 정성은 제 마음에 언제나 있습니다.

친구들과 같이 글을 배우면서 이제는 어머님의 은혜를 글로써 꼭 쓰고 싶어서 편지를 써 봅니다. 어머니께 직접 편지를 올리고 싶지만 이제 저 하늘나라에 가셨기에 이 편지를 제게 한글을 가르쳐 주신 분들께 대신 올려봅니다.

선생님들께

전덕수

저는 행복한 사람이고 운 좋은 사람이고 내 인생은 참 좋다는 생각이 듭니다. 참 운이 좋은 생각이 든 것은 칠십 평생 공부를 한다는 것이 얼마나 좋은지 가끔씩은 이것이 꿈이 아닌가 하는 생각이 많이 문득문득 듭니다. 공부를 하면서 생긴 습관은 새벽이 되면 아주 일찍 일어납니다. 부지런히 공부 열심히 해서 표현하고 싶은 내 마음을 글로 풀어서 우리 교수님께 글을 써서 보여드리고 싶은 마음이 크기 때문입니다.

2003년 처음 시작할 때는 내 이름 석 자도 반듯하게 잘 쓰지 못했지만 내 이름 쓰는 것부터 시작해서 집현전반에서 글을 새롭게 배우다보니 제 삶도 많이 변화하였습니다. 지금처럼 이렇게 글을 쓰다가 지웠다 하며 지내는 이 생활이 너무 너무 행복한 시간입니다. 참으로 이렇게 공부가 좋은 줄은 몰랐습니다.

시간만 나면 책을 보는 것도 재미가 참 있습니다. 오늘도 손자 손녀들이 온다는 것도 아무도 오지마라 하고 글을 쓰면서 집현전반 지도 교수님께서 우리에게 '글을 좀 써 보세요' 하고, 또 좋은 글을 많이 읽어 주시고 열심히 가르쳐 주시는 것 항상 감사드리고 고맙습니다. 그런데 죄송한 것이 있습니다. 교수님에게 보답도 못해드리고 스승의 날도 그냥 지나가서 교수님들 뵐 때마다 저는 마음이 너무 죄송했습니다. 그리고 2006년 새봄을 맞아 새 책을 받아보니 너무 좋아서 날아갈 듯 했었고 밤이 새도록 책을 읽었습니다. 새 책은 특별한 의미가 많이 있는 책입니다.

저는 우리 경원대학교 총장님 이야기가 있기 때문이지요. 사회봉사단장 의학박사 총장님 고맙습니다.

　저도 더욱 더 공부를 열심히 하겠습니다. 한해 한해가 달라 2003년 때 보다는 기억력이 희미해져서 올해는 몇 번 읽었던 것도 기억이 가물거려서 속상할 때도 있지만 그럴수록 한번 해 봐야지 하는 오기도 생깁니다. 누가 시켜서 하는 것도 아니고 마음이 땡겨서 하고 싶어지니깐 저는 책 보는 것만으로 새벽에 일어나서 세수하고 머리 빗고 책상에 앉을 때가 제일 행복한 순간인 것 같습니다. 저가 쓴 연필이 몽당연필이 너무 많아서 셀 수 없이 많습니다. 그것을 볼 때면 얼마나 뿌듯한지 모릅니다. 샤프도 있고 하지만 어렸을 때부터 내 손으로 연필 깎아서 하는 것이 소원이고 한이 되었던 사람이라서 오늘도 행복하게 연필을 잡고 안 보이는 돋보기를 쓰고 정신을 집중하고 책상에 앉습니다.

　교수님 너무 행복한 인생 만들어줘서 감사합니다.

공부를 하면서

김백순

하느님께 가서 있고 할라고 부지런히 배우는 재미 공부하면 생긴 재미 있는 일.

선생님 감사합니다. 이때까지 공부하면 많은 것을 배우면서 친구도 많이 사귀고 공부하면서 재미있는 일도 많이 겪었습니다. 이것이 모두 선생님이 열심히 가르쳐주셨기 때문입니다. 선생님 감사합니다. 우리가 배워서 이웃도 사랑하고 멀리 있는 친구도 사랑하고 알고 싶고 우리 사는 재미, 뉘우치고 사랑하면서 배우고 느끼면서 공부하고 싶습니다. 앞으로 잘 배워 잘 하겠습니다. 선생님 감사합니다.

6월 9일 월요일

사랑하는 나의 딸에게

조순애

사랑하는 우리 딸에게 벌써 네가 커서 결혼한 지도 십년이 되었구나. 경재도 태어나서 학교 들어간 게 얼마 안 된 것 같더니 벌써 사학년이 되고 세월이 빨라 나는 네가 돈 버는 게 안 될 때도 있다. 그렇게 젊어서 고생은 사서도 한다네. 몸 건강하고 이서방 건강하고 경재 건강하고 나는 네가 건강하길 바란다. 네가 잘해서 좋아. 네가 마늘 양파하고 가지고 온다고 해서 고맙구나. 학교서 써 오래니 쓸 지도 몰라. 그래서 평소 미안한 너에 대해서 써보았다.

선생님들께

한경순

무더운 날씨에 저희들을 가르치시느라 고생이 많습니다. 좋으신 선생님들을 만나서 공부를 배우니 정말로 기쁩니다. 저는 부모님께서 공부를 시키려고 했으나 제가 공부가 왜 이리 싫었는지 모릅니다. 결혼하고 보니 후회가 되더군요. 배우고 싶어도 그때는 이미 늦었더군요. 시부모님 모시고 아이 나서 기르고 보니 공부란 마음뿐이더군요. 그래도 남편이 배운 사람이라서 어디 가더라도 남편이 먼저 알아서 하였기에 주변에서는 내가 이렇게 못 배운 사람인 줄은 모릅니다. 그 답답한 마음은 항상 후회하면서 살아왔습니다. 여태까지 열심히 사느라고 기회가 오지 않았습니다. 이제는 몸이 아파 쉬면서 공부할 기회가 왔어요. 그러나 아무리 열심히 공부하려고 해도 머릿속에 들어가지 않고 다 잊어버립니다. 참으로 어려운 것은 공부이더군요. 그래도 지금은 책도 읽고 한글로 된 간판도 읽고 자신감이 생깁니다. 저는 건강이 허락하면 계속 공부할 것입니다. 말이 안 되더라도 이해를 해 주십시오.

2006년 8월 16일
한경순 올림

사랑하는 내 딸에게

이성남

사랑하는 내 딸에게 내 평생 처음 편지를 쓰니, 너무 쑥스럽구나. 엄마가 딸에게 할 말이 너무나 많아서 무슨 말을 먼저 해야 하나 생각이 나질 않는구나.

엄마는 내 딸이 엄마한테 최고라 생각한단다. 내 딸은 착하고, 심성이 곱고, 예쁘지. 거기다 공부도 잘 하고 자기 할 일도 잘하니까 엄마는 너무나 즐거웠단다. 그래서 엄마는 사는 게 고생스러웠어도 내 딸 덕분에 행복했어.

그런데 한 가지 엄마가 우리 딸한테 할 말이 있단다. 우리 딸은 엄마한테 아들, 딸 차별한다고 하지만 엄마는 절대 그렇지가 않아. 너는 자식이 아들 하나니 잘 모를 수 있겠지만, 열 손가락 깨물어 아프지 않은 손가락 없듯이 엄마 마음은 그렇지가 않단다. 엄마는 네가 어려서도 최고라고 생각했지만, 지금도 내 딸이 소중하다고 생각해. 엄마는 내 딸이 무엇을 하든 이해해. 또 내 딸은 엄마한테 친구가 되어 주기도 하잖니. 그러니 엄마를 생각하는 마음이 너무 아름답고 고운 우리 딸이 엄마가 아들, 딸 차별한다는 생각하지 않았으면 좋겠어.

우리 딸한테 엄마가 부탁하고 싶은 게 있다. 지금도 잘 하고 있지만, 앞으로도 동생들 잘 도와주고 서로 의리 있게 잘 지내면 엄마는 더 행복할 거야. 너는 스스로 뭐든 잘해서 아빠, 엄마 힘들게 하지 않고 결혼비용이며 모든 것을 알아서 잘 했지. 너에 비하면 동생들은 교육비며 결혼비며 돈이 많이 들었다고 생각하고 있단다. 그런 것이 어쩌면 우리 딸이 엄마가 아들, 딸 차별한다는 뜻으로 생각하는지 몰라도 아빠, 엄마는 재산이 많은 것은 아니지만 앞으로 우리 아들, 딸 삼남매에게 모두 똑같이 주려고 생각하고 있다.

우리 딸이 지금도 잘 하고 있지만, 앞으로 더 잘해서 너의 세 식구 모두 몸 건강하고, 앞으로 하는 일도 잘 되고 복 많이 받기를, 너하고 싶은 일 다 하면서 불우한 이웃도 도와주며 행복하게 살기를 엄마가 두 손 모아 빌어줄게.

2006년 12월 16일
딸을 사랑하는 엄마가

선생님, 감사합니다

정환임

경원대학교 선생님들이 공부 열심히 가르쳐 주서서, 선생님들께 정말 감사드립니다. 우리 선생님들이 항상 건강하시길 바랍니다.

우리들은 공부를 더 잘 하고 싶은데, 잘 되질 않아서 미안할 때가 많았습니다. 선생님들은 그럴 때마다 우리들에게 '잘하고 있으십니다', '열심히 하세요'라고 해줬습니다. 선생님들이 공부를 열심히 가르쳐 주서서 항상 고마웠습니다. 부모님들도 못해주셨던 일들을 해주서서, 글에 눈 뜨게 해줘서 세상에서 제일 고맙습니다.

선생님들 감사합니다.

나의 사랑하는 아들에게

이칠남

나의 사랑하는 아들 동철아, 엄마가 무슨 말을 먼저 해야 하는지 모르겠구나.

세월이 흘러서 어느 덧 네 나이가 서른 살이 되었구나. 그런데 그 세월 동안 엄마는 네게 아무 것도 해준 것이 없구나. 한창 사회생활을 하면서 직장에 다니고, 장가도 가고 할 나이의 네가 아무 것도 하지 못하고 있는 것이 엄마 마음은 천 갈래, 만 갈래 찢어지듯 아프다. 그런 엄마가 네게 해 줄 수 있는 것은 약이나 밥 같은 것뿐이니 더욱 가슴이 아프다. 너의 마음도 무척이나 아플 테지….

하지만, 동철아 마음을 비우고 한 번 생각을 해보렴. 이 세상에 나 혼자 불행한 것 같지만 그래도 세상엔 너보다 더 불행한 사람도 있단다. 태어나서부터 희귀한 병으로 고생하는 이들이 있어 나와 너 같은 고통을 안고 사는 이들이 많단다.

엄마는 길을 걸을 때면 멍하니 길을 걷는 다른 사람들을 보게 된다. 그때 마다 가슴이 아파와 '신이시여, 사람들을 병에서 탈출하게 해 주소서…'하고 기도를 한단다. 내 소원은 자나 깨나 네 병이 하루빨리 나아 보통 사람들처럼 생활을 하고 주위 고통 받는 사람들을 도와 줄 수 있게 되는 것이란다. 그런 소원을 생각하며 그렇게 되면 얼마나 좋을까 생각을 하지.

너의 아픔을 엄마가 나눌 수 있다면 얼마나 좋겠니. 그럴 수만 있다면 엄마는 마다하지 않을 거야. 약을 먹으면서 부작용으로 토하기도 하지만, 때로 평화롭게 자는 너의 모습을 보면 '신이시여, 이렇게라도 살게 해 주셔서 감사합니다.'하는 생각을 한단다.

할 말은 많은데 막상 글을 쓰려니 생각이 나질 않는구나. 나의 아들 동철이가 하루 속히 건강하게 되길 바라면서, 하나님께 기도하며 이만 글을 줄인다.

집현전, 그리고 나의 가족

김순례

모든 선생님들께 감사드립니다. 정말 고맙습니다. 저는 공부를 시작하면서 많은 생각을 했습니다. 그리고 공부하면서 나에게 행운이 왔다고 생각했습니다.

저는 공부를 하면서 걱정이 많았습니다. 걱정이 많았던 것은, 우리 아저씨가 27년 동안 아프면서 몸도 가누지 못해 내가 많은 노력을 해왔는데 금년 7월 달 아저씨가 돌아가셨기 때문입니다. 아저씨가 돌아가시고 아들, 딸은 많은 고생을 하셨다며 나를 위로했습니다. 이제 또 다른 고생이 있을지 몰라도 저는 열심히 살 것입니다. 고생 끝에는 행복이 온다고 합니다.

우리 아들, 딸들은 효자입니다. 제가 경원대에 이렇게 다니고 있는데 우리 셋째 아들도 경원대에 다니고 있습니다. 집안 형편 때문에 늦게 학교를 다니게 됐지만, 학교에 다니며 많은 친구들에게 인정을 받고 있어 자랑스럽습니다. 다른 자식들도 잘 살고 있습니다. 아들, 딸들이 정말 고맙고 자랑스럽습니다. 그런 자식들을 보면서 저는 지금도 열심히 살고 있지만 앞으로는 더 열심히 살겠다고 생각합니다.

글을 쓰며 아들에게도 한 마디 적고 싶습니다.

아들아, 앞으로 열심히 또 건강하게 아무쪼록 공부도 더 열심히 하며 살기를 바란다. 그리고 안사람에게도 잘 대해주길 바란다. 모든 일들이 잘 돼서 행복했으면 좋겠다. 이 엄마는 아들을 믿고 있단다.

언니에게

박창숙

언니 지금은 무엇하고 있는지. 형부도 없이 외롭고 쓸쓸하겠지. 그리고 얼마나 보고 싶겠어. 이제는 모든 걸 잊어야지 자꾸만 생각하면 마음이 아프잖아. 우리가 자란 날들 생각하면 고생도 많았고 기쁨도 많았고 요즘에는 하루하루가 행복해. 언니한테는 미안해야 하고 형부도 돌아가시고 없는데 무척이나 힘든데, 나는 요즘은 한글을 배우면서 언니한테 편지도 쓰고 얼마나 좋은지 몰라. 언니, 열심히 배워서 언니한테 하고 싶은 말도 많이 쓸 거야. 언니 우리가 옛날 어린 시절에 공부를 배웠다면 지금쯤 운전을 배워서 언니를 차에 태워서 형부처럼 날마다 데리고 다닐 텐데……. 언니 요즘에 자주 찾아보지 못해서 미안해요. 언니 어때? 잘 쓴 거 같지?

2006년 8월 19일

아들에게 쓰는 편지

서춘자

아들아, 이제는 엄마도 경원대학교 학생이란다. 국어국문학과 선생님들께서 우리들에게 열심히 공부를 가르쳐 주신단다. 엄마는 하루하루가 너무 재미가 있단다. 엄마는 아침밥을 먹고 책가방을 짊어지고 학교에 가는 기분이 너무나 상쾌하단다.

아들아, 엄마는 이제 한을 풀게 되었구나. 지금은 은행에 가서도 내 마음대로 돈도 찾을 수 있단다.

아들아, 너 초등학교 2학년 때 학교에서 1등을 했다고 상장을 받아 엄마한테 주면서 읽어보라고 한 거 기억나니? 그 때 엄마는 가슴이 너무나도 아파서 눈물을 흘렸단다. 아들이 받아 온 상장도 제대로 읽을 수가 없는 내 자신을 원망하면서 살아 왔단다.

아들아, 하지만 이제는 원망도 후회도 없다. 집현전 초급반에서 열심히 공부하고 있으니 말이다.

사랑하는 아들아, 고맙다. 엄마가 힘들까봐 끌고 다니는 가방도 사 주고 열심히 공부하라고 격려해 주는 내 아들아 고맙다.

며느리야, 고맙다. 스무 살에 시집 와서 이제는 서른다섯이 되었구나. 세월이 너무나 빠르구나. 우리 손녀 보희가 내년에는 중학생이 되는 구나.

며느리야, 고맙다. 우리 집에 와서 남매 낳아 키우느라고 고생이 많았다. 시어머니로서 너한테 별로 잘 해 주지 못했구나. 용서해라. 그래도 우리 가정은 행복하게 살고 있잖니. 우리 3대 독자 대현이, 보희를 잘 길

러서 훌륭한 아들딸이 되게 너희가 지도를 잘 해 주었으면 좋겠구나. 그
래야 앞으로 훌륭한 사회 일꾼이 되지 않겠니.

자식을 낳았다고 해서 부모가 아니란다. 자식을 어떻게 지도해야 하는
지 부모는 알아야 한다. 우리 보희가 중학생이 된다고 하니 나는 걱정이
되는구나. 우리 보희가 의젓한 중학생으로 무사히 졸업을 해 주면 좋겠
다. 보희야, 할머니가 부탁한다.

아들아, 며느리야, 아버지로서 어머니로서, 아이들 앞에서 바르게 해야
한다. 그리고 한 가정에서 엄마 노릇이 얼마나 힘이 든다는 것을 안다.
어렵지만 힘내라 며느리야. 시어머니가 부탁한다.

사랑하는 내 며느리야 건강해라.

우리 가족에게

안기순

우리 가족은 얼마 전 만해도 시어머니, 남편, 아들 셋과 딸, 며느리 그리고 귀여운 손자 손녀 이렇게 대가족이랍니다. 지금은 식구가 열아홉입니다.

며느리가 "어머님, 공부 열심히 잘 하세요."라고 응원도 해 준답니다. 저는 너무나 행복하답니다.

손자, 손녀는 공부도 잘합니다. 그리고 모두 사랑스럽고 예쁩니다. 손자, 손녀가 "할머니, 학교에 안녕히 다녀오세요."라고 하면 너무나 행복하답니다. 저는 우리 가족을 정말로 사랑합니다.

아들아, 너는 언제나 멋진 아들로 건강하기 바란다. 쌀쌀한 날씨에 감기 조심하여라. 네가 대학교 갈 때 아버지한테 꾸중을 듣고 집 나갔을 때 생각나니? 일주일동안 집에 들어오지 않아서 엄마가 얼마나 걱정을 했는지. 그러나 엄마는 너를 믿었다. 힘든 아들 생각하면 엄마의 마음이 찢어질 듯 아팠단다. 그런 네가 벌써 학교 공부를 마치고 이제는 자랑스러운 아들이 되었구나. 그 사이 시간이 흘러 벌써 네 나이 사십을 바라보고 있구나. 힘들어도 힘들다 내색하지 않고 네가 할 일은 네가 스스로 알아서 하는 모습을 볼 때 너무나 자랑스럽다. 이제 어엿한 다섯 식구의 가장으로서 몸 건강부터 신경 쓰도록 하여라. 아무리 돈이 중요한 세상이라고 하지만 건강 없는 물질의 행복은 아무 소용이 없단다. 어렸을 때 겪었던 수많은 어려움을 잊지 말고 힘들 때마다 그 때를 생각하며 아무

것도 아닌 듯 생활하기 바란다. 엄마는 이제 바랄 것이 없단다. 네 몸 건강하고 손주 녀석이 건강하고 씩씩하게 커 가는 걸 보는 것만으로도 이 세상 모든 것을 다 얻은 것 같단다.

친구에게

박창숙

춘자야, 보아라. 오늘도 무더운데 얼마나 고생이 많니? 너와 내가 만난 지도 벌써 43년이 되었구나. 춘자야, 보고 싶구나.

너 요새 일하러 잘 다니는지 궁금해. 춘자, 너 열아홉 살 나는 열아홉 살 그렇게 만났는데 벌써 세월이 흘러 너와 내가 어느새 할머니가 되었구나.

춘자야, 너의 딸 또 병원에서 나왔는지 궁금하구나. 춘자야, 너나 나나 세월을 잘못 만나서 배운 게 없어서 평생 일만 하다가 죽겠다. 그래도 너와 나도 건강하니 남은 세월동안 열심히 살다가 가자. 알았지.

나는 요즘 경원대학교에서 한글을 가르친다고 해서 공부하러 다닌다. 춘자는 내가 얼마나 공부하고 싶었는지 너는 잘 알거야. 그런데 공부가 잘 되지 않아. 자꾸만 잊어버려서 그래도 잘하려고 노력해. 어떻게 온 기회인데.

그리고 전번에 희자한테서 전화가 왔는데 네가 어디 아픈지 전화 안 받는다고 하더라. 꼭 전화해 줘. 그리고 언제 한번 만나자.

춘자, 지금은 힘들겠지만 참고 견디다 보면 언젠가 좋은 날도 오겠지. 춘자야, 일 좀 조금씩 해라. 그러다가 병이라도 나면 어떡하니. 알았지?

춘자야, 그래도 내가 학교에 나간지도 벌써 5개월이 되었구나. 춘자야, 그리고 잘했는지 모르겠다. 춘자야, 내가 열심히 배워서 너에게 편지를 한 번 써보는 게 소원이다. 이 글 쓰기는 했는데 글자가 다 맞았으면 좋겠다. 그럼 이만 줄인다.

2006년 8월 16일

제2부 한글을 배우고

한글을 배우고 난 뒤의 일들을 썼습니다.

사랑하는 아들, 며느리야 고맙다

서춘자

내가 어깨가 아프다고 끌고 다니는 가방도 사주었어요.

"어머니 어려서 공부를 배우지 못했다고 민망해 하지 마세요. 이제라도 늦지 않았어요. 어머니 힘내세요."

우리 자식들이 그렇게 말합니다.

우리 딸들이 엄마 필요한 것이 있다면 사 쓰라고 용돈도 많이 줍니다. 우리 아들 손자들은 할머니 공부 열심히 하시라고 연필, 지우개, 볼펜도 많이 사 주었습니다. 그리고 대학생 외손자는 "할머니 공부 열심히 하세요."하곤 합니다. 자식들 축복 속에 글을 한 자 한 자 배웁니다.

여러 선생님들께서 열심히 가르치고 있기에 이만큼이라도 썼습니다.

선생님들 감사합니다.

한글을 배운 나

오춘애

저는 공부를 하고 싶은데도 알 수가 없어서 알아보는 중에 마침 동네 아줌마께서 경원대학교에서 한글을 가르쳐준다고 해서 제가 학교를 찾아갔습니다. 김규진 선생님께서 오라고 하셨습니다. 2004년도 3월 6일날 입학을 했습니다. 첫 번부터 기역에서 배웠습니다. 하자하자 배웠습니다. 그리고 제가 학교에 가는 날은 남편이 집에 청소도 해주시고 비가 오면 빨래도 걷어 줍니다. 제가 공부를 하게 된 것도 가족이 도와줘서 했습니다. 그런데 작년에 저희 집에 여덟 살 손녀가 여름방학 때 놀러왔습니다. 방학 책 좀 읽어봐 저는 더듬더듬 읽었습니다. 손녀가 저를 바라보며 웃었습니다. 저는 자존심이 상하였습니다. 저는 마음속으로 공부를 열심히 해야겠다는 생각을 먹고 공부했습니다. 지금은 성경책도 읽고 은행에서 돈도 찾고 가계부도 쓰고 일기도 씁니다. 요즘에는 사는 게 행복합니다. 선생님들께 항상 감사합니다. 여름 날씨에 몸 건강하세요.

2006년 6월 19일

행복

박창숙

엊그제 만해도 날씨가 덥다고 했는데 요즘에는 아침저녁으로 제법 날씨가 쌀쌀해졌다.

나는 나이 육십 다섯에 자전거를 배워 아침마다 두 시간씩 탄천을 달린다. 탄천을 달리다 보면 나도 모르게 마음이 한참 젊어지는 것 같다. 이대로만 늙지도 말고 젊지도 말고 했으면 좋겠다.

나는 요즘이 가장 즐겁다. 왜냐고 묻는다면 마음 편하게 공부도 하고 온 가족들도 건강하고 내 몸도 건강하니까, 그리고 한글도 배우고 또 은행가서 돈도 찾아서 마음대로 할 수도 있다. 한글을 배우기 전에는 딸들한테 돈을 찾아달라고 했는데, 지금은 내 마음대로 찾아 쓸 수도 있다. 그 얼마나 행복한지 모른다. 이 마음 아무도 모른다.

나는 행복하다.

기도

송정자

한글을 배워서 아름답다고 생각합니다.
나의 인생, 공부하지 못하는 걸
사랑하는 내 자식에게 이해시키려고 합니다.
우리 가족에게 이야기했습니다.
고맙다고 생각하는 친구야 언제나 나를
내가 살던 고향은 경상남도 합만군 칠서면 무릉리.
내가 좋아하는 것 공부하고 싶다.
여보 사랑하오. 이 세상서 당신을 사랑했습니다.
공부가 제일 어렵다.
공부하면서 눈물을 흘렸다.
사랑하는 딸이 어머니께 효도를 했다.
사랑하는 내 아들을 고맙다 생각한다.
사랑하는 내 딸이 건강하게 기도했다.
사랑하는 내 손자가 보고 싶다.

삶

신화자

어려서 몸이 많이 아파서 초등학교도 제대로 다니지 못했습니다. 아들 둘, 딸 둘을 낳아서 모두 학교 공부시켜서 시집 장가보냈습니다. 아들 손자들이 5명, 딸 손자들이 7명이 있습니다. 자식들 결혼하고 신앙생활을 시작했고 공부도 하기 시작했습니다. 몇 십 년 동안 하던 과일가게를 접고 정말 신앙생활도 열심히 하고 한글 공부도 열심히 했습니다. 나이가 들어서 하는 공부라서 그런지 읽기와 쓰기 공부가 쉽지 않았습니다. 지금도 열심히 배우고 있습니다. 공부를 하고 조금씩 알아가면서 편리한 점도 많고 즐겁고 기쁜 일도 있었습니다.

제일 행복한 것은 아들딸들에게 편지를 쓰는 것입니다. 아들이 정말 편지 쓰는 실력이 좋아졌다고 하면서 나의 편지를 가보로 남겨서 손자들에게 보여준다고 했습니다. 교회에서도 경전을 읽을 수 있고, 찬송가도 즐겁게 부를 수 있어서 신앙생활이 더욱 더 즐겁습니다. 집에서는 각종 세금영수증을 보고 처리할 수 있어서 기쁘고 책도 읽을 수 있어서 심심하지 않습니다. 한글을 가르쳐준 선생님께 머리 숙여 감사드립니다.

즐거운 마음

유원희

나는 지금까지 살아오면서 눈 뜬 장님으로 살아왔다. 어디에 가서 혹시 글을 쓸 일이 있으면 마음속으로 걱정을 많이 했고 항상 죄인처럼 살아왔다. 돈을 주고 살 수 있는 것이라면 일을 열심히 해서 돈을 벌어 살 수 있겠지만, 세상에는 돈을 주고도 살 수 없는 것이 있다. 내가 못 배운 것이 제일 창피할 때가 아이들이 초등학교에 다니면서 학교에서 부모님 의견서를 써오라고 했을 때 참으로 난감했다. 우리 엄마가 학교를 전혀 다니지 못해서 한글을 모르고 있다는 것을 아이들이 눈치 채고 있을까봐 그것이 제일 걱정이 되었다. 부모 입장에서 아이들의 얼굴을 볼 수 없을 만큼 창피하고, 엄마는 바보라고 생각할 것 같아서 항상 마음 한 구석에는 걱정과 근심으로 살아왔다.

그러나 나에게도 배움에 길이 있다. 지금은 경원대학교에서 공부를 하고 있다. 공부를 시작하니 온 세상이 모두 새롭고 모든 것이 밝은 세상으로 보인다. 세상을 전부 얻은 것처럼 마음이 항상 즐겁다. 경원대학교에서 한글을 가르쳐 주시는 것을 좀 더 빨리 알았다면 더 좋았을 걸 하지만 늦었다고 할 때가 가장 빠른 것이라고 누군가가 말했다고 한다. 옛말에 시작이 반이란 말도 있듯이 나는 반은 배운 것 같다. 몇 달을 다녀서 못 쓰는 글이고 또 틀리는 글자도 있지만 나에게는 무엇보다도 자신감이 생겼다. 진심으로 경원대학교에 감사하고 교장선생님과 우리들을 가르쳐 주시는 선생님분들께 감사의 말을 전하고 싶다. 답답한 세상에서 밝은 세상으로 나온 것 같다. 집현전에서 배우고 있는 우리들은 복을 많이 받은 사람이다. 늦게라도 이렇게 공부를 할 수 있다는 것이 얼마나 행복한 일인가. 요즘엔 모든 것들이 아름답고 모든 사람들이 너무나 고맙고 감사한 생각이 든다.

모르는 세상에서 한걸음, 한걸음 아는 세상으로 걸어가고 있다. 학교란 단어만 생각해도 너무나 행복하다. 좋은 일을 많이 하고 계시는 경원대학교 선생님분들께 진심으로 감사의 말을 전하고 싶습니다.

경원대학교의 무궁한 발전을 기원합니다. 파이팅.

공부하기

전덕수

사계절이 있다는 것이 얼마나 큰 축복인가, 이것만으로도 저는 참 행복합니다. 우리 경원대학교는 봄이 되면 여기저기 꽃이 너무 많이 핍니다. 저는 이 꽃의 향기를 너무 좋아하고 학교에 올 때마다 꽃을 얼굴에 맞추면서 야, 야, 하하하 하고 행복해 합니다. 칠십 평생 웬일인가, 오며 가며 얼마나 좋아, 눈을 감고, 내 볼을 찧고, 내 얼굴을 꽃과 함께 하루 자고, 또 만나고 너무너무 행복합니다. 그리고 목련 꽃도, 진리관 앞에 목련 꽃이 너무 좋아 오갈 때 마다 '야 꽃이 봉을 맺었다'하고 저는 우리 경원대학교에 경치가 너무 좋은 것들이 이곳저곳 많아 저는 아직도 꿈을 살아간다는 생각을 합니다.

오늘도 저는 학교에 공부를 마치고 빨리 계단을 내려오니 비가 너무 많이 옵니다. 그래서 친구들과 학교 문 앞에서 모여 있었습니다. 비가 쏟아지고 있는데도 친구들이 많이 가고, 열 명 정도 남아 남은 물을 같이 마시고 서로 웃고 난리가 아닙니다. 그리고 또 한 두 명씩 가고 내 친구도 '형님 비가 계속 많이 올 것 같으니 우리도 갑시다.', '그래 갑시다.' 하고 전철을 타고 각자 자기 집으로 가고 친구들 몇은 함께 '우리 냉면이나 한 그릇씩 먹고 갑시다.'해서 한신코아로 들어갔다. 냉면을 먹고 친구들이 자기 집으로 다 가고 나는 수영장으로 갔습니다. 수영을 하고 빨리 집으로 왔어요. 우리 집에 비가 새서 벽을 타고 들어왔다. 우리집 전화가 뚝뚝 소리가 나고 있다. 그래서 수화기를 들어 보니 물이 벽을 타고 비가 들어왔다. 그래서 둘째 아들이 왔다. 그리고 이곳, 저곳을 손보고 고치고 했다. 비가 너무 한다는 것이 문득 들고 합니다.

화, 목 공부를 하러 학교에 간다는 것이 얼마나 좋은지, 날씨는 더워도 저는 학교에 가는 것이 제일 행복하고, 저는 잠을 자다가도 벌떡 일어나서 글을 써야지 하고 신이 나서 매일 쓰다 지웠다 잘 되지 않아요. 마음은 잘 쓸 수 있는데, 빨리 빨리 안 될까? 왜 깜빡깜빡 잊어버리고 속상하고, 언제나 글을 줄줄 생각하지 않아도, 생각이 빨리 나서 내 속에 있는 말들을 다 쓰고 싶은 글도 많이 쓰고 잘 쓰고 싶어 부지런히 공부 열심히 해서 꼭 편지를 우리 교수님들께 한 통씩 할 겁니다. 그리고 항상 학교 생각을 하면 아무리 화나고 언짢은 일이 있고 화가 나서 죽고 싶을 때가 있는데, 내가 죽으면 내 가슴에 맺힌 공부를 어찌 하나 하고 마음을 돌이켜 경원대학교 여기저기 생각을 많이, 꽃들이 담 속에서 꽃이 봉울봉울 피고, 옮아 담을 빚지고 자기들이 할 수 있는 힘을 다하여 담을 뚫고, 그것을 보고 '나도 죽기는 왜 죽어. 꽃들도 돌 속에서 꽃을 피우는데.' 나도 꽃을 보고 힘내보자 하는 생각을 하고 공부를 열심히 해야지 하고 그 때부터 죽는다는 생각을 버리고 밤낮 없이 속에 있는 것을 듣고, 앞으로 공부만 열심히 진정으로, 딴 생각을 하지 말고, 우리 교수님들께 글을 써야지. 많은 것이 좋다. 박찬식 교수님께서 분량을 좀 많이 써오세요 한다. 책을 우리를 위해 만든다고 한다.

요즘은 비가 너무 많이 왔다. 바람이 불고, 우산이 바람에 날아가고, 그래도 기분이 참 좋다. 왜냐하면 학교에 갔다 오면서 그러면서 우산을 잡으러 가면 또 날아가고 친구와 나는 웃고 또 웃고 참 재미가 있다. 우리가 학교에 안가면 우리 친구와 함께 놀고 이런 저런 우산 놀이가 없다.

그리고 우리가 공부를 한다는 것이 꿈만 같습니다. 저는 우리 선생님들 생각을 하면 수업을 들어 올 때마다 기다리고, 오셔서 이것저것 하다가 받아쓰기 하면 얼마 지나 또 줄줄 치고 하루 지나면 학교에 온다 생각을 하고 얼마나 좋은지 몰라요. 저는 그 날 집으로 돌아와서 생각을 많이 했습니다. 박 교수님께서 몸이 아프면서도 감기가 요즘 여름에 감기가 너무 목이 아파서 입으로 말하면 받아쓰기를 다 하고 또 글을 몇 분을 읽고, 박 교수님 너무나 고맙습니다.

요즘 비가 너무 한다 싶을 만큼 많은 비가 내린다 하루 쉬고, 학교에 갔다 오면 감기가 너무 오래까지 떨어지지 않습니다. 제가 좋아하는 공부도 잘 못하겠습니다. 그래도 책상 위에 앉아 글을 썼다 지웠다 하면서도 열심히 공부를 합니다. 저는 나이는 목 속인다고 늙은 것이 슬프고, 늙은 것이 슬픈 것이요. 주변에 딸이 살고 있었는데, 나를 보면 우리 엄마 어느 날 우리 학교에 교수님과 같다. 머리도 참색도 은빛과 갔습니다. 요즈음 수업을 가르치는 이 교수님도 '참 한자 받침을 또박또박, 쌍 받침을 잊어먹으면 안돼요.' 하면서 참 잘 가르쳐 주어 좋아요. 저도 공부를 하면서 뭔가가 말씀이, 김 교수님 책속에 있는 것을 쓰면서 한 말씀을 생각나면 가슴 한 켠으로 뭔가가 복받쳐서 눈물이 나려고 합니다. 저도 이제는 글을 많이 쓰고 많은 책들을 읽고 뭔가가 가슴에 담고, 이 소중한 우리 한글을 깨우치는 것 같습니다. 우리 선생님들 고맙습니다. 그리고 저도 공부를 열심히 부지런히 죽기 살기로, 밤낮으로, 밤이 새도록 아침 다섯 시까지 쓰고 지웠다 하면서도 얼마나 재미가 있다.

오늘 일요일이라 공부를 조금하고 남편 수정을 듣고 맛있는 것도 해서 대접하고 사는 것이다. 일요일은 청소를 하는 날입니다. 식탁을 둘이 놓고 글을 한 줄이라도 쓰기를 합니다. 그리고 저는 박 교수님께서 저희를 글을 좀 더 써서 오세요. 책을 만드는 데 좀 모자라 많이 쓰고, 재미있었던 것도 쓰시고, 그리고 내 친구, 내 짝궁은 아침 여섯시에 학교에 반대편에 도착해서 길목에 낮아 쉬고, 또 올라가고 하데요. 참 재미있는 친구예요. 제가 학교에 올 적에 이삼년이 되었다고 했는데, 왠지 글을 좀 써서 한 장이라도 써서 내보세요. 글씨는 잘 쓰고 하는데, 올 해는 우리 학교에서 재미있는 일이 많습니다. 산수도 하고, 구구단도 하고, 또 더하기, 빼기도 했습니다. 저는 집으로 돌아왔습니다. 구구단을 외우고, 참 재미가 있고, 산수도 해보니 참 재미가 있고, 얼마나 좋은지 몰라요. 잠을 자다가도 벌떡 일어나서 공부를 하면 꿈이 아니겠지요. 볼을 꼬집고 해봅니다. 저는 이 글을 아무리 또 글을 밤이 새도록 쓰다가 잠을 자고, 읽고 해도 너무 좋아 혼자 앉아 웃고 내 한을 풀고 사는구나, 나는 꼭 기회만 되면 공부를 꼭 해서 편지를 써서 내 친구에게 편지를 주고받고 하는 것이 내 꿈이라고 했는데 올해는 부산에 친구와 편지를 받고 주고, 대전에 친구한테도 전화를 하고, 주소를 서로 알고 편지했다. 우리가 내가 공부를 해서 편지로 한 장씩 쓰기로 다짐했지. 그래 네가 우리 어릴 적에 이 다음에 기회가 오면 꼭 공부해서 너에게 꼭 편지해 주리라 하고 말했지. 언니는 참 대단하다 칠십 평생 공부해서 우리한테 편지를 쓰고 웬일이요. 인제부터 공부해서 너무너무 반갑고 깊어 내가 언니 편지를 또 읽어보고 했어요. 언니 우리 만나 부산 가자하고, 부산가면 내 동생도 다대포에 살고 있다.

올해는 우리 책이 참 내용이 특별이 좋은 것 같습니다. 우리 교과서를 보내 줄게 너무너무 참 좋아 한 번 읽어봐라 참 좋다, 하고 너무 흐뭇하다. 글을 읽고 책장을 넘기고 하면 얼마나 좋은지 책을 읽고 있으면 시간도 몰라요, 하루하루가 너무 행복하게 살아가고 있습니다.

나이가 있어선지 자꾸만 깜빡 한 것이, 어젯밤에 나는 잠을 이루지 못했습니다. 저는 학교가 얼마나 좋으면 부산 가서도 돌아오고, 대구에 갔다가도 돌아 왔어요. 책을 보면 시간도 모르도록 하는데, 글짓기로 저는 다른 사람보다 많이 쓰고 싶어서 시간 나면 틈틈이 쓰고 잘해서 많은 글을 빨리 써서 가져가 오늘은 할 수 있다 하고, 공부를 책상에 앉아 꼭 써야해 하고 시작했는데도, 친구가 날씨도 덥던데 빨리 나와요, 하고 난리가 아니다. 안 오면 처들어간다 해서 또 할 수 없이 찜질방에 갔다. 그리고 참외, 옥수수, 복숭아, 수박, 감자 등 모든 것이 너무 많다.

저는 집에서 전화가 와서 부랴부랴 내려왔어요. 손님이 찾아 오셔서요. 그래서 저녁밥을 짓고 이리저리 하여 밥을 먹고, 날씨는 한 달 내내 여름은 불타고 있었습니다. 너무 한다 싶을 정도로 덥다. 손에 땀이 많이 나서 연필 끝에 땀이 얼굴에 땀이 뚝뚝 떨어지고 있다. 그래도 글을 쓰고 있으니 좋다.

글공부의 재미

김백순

경원대학교 집현전반에 다니게 된 지 오래되었습니다. 글자를 하나도 몰랐는데 선생님들 덕분에 이제는 조금은 알게 되었습니다. 선생님들께 감사의 말씀을 드립니다.

며칠 전 저희 집에서 순교자 모임 기도가 있었습니다. 이제는 성경책도 읽을 수도 있고 성당에 가서 성가도 할 수 있습니다. 그럴 때마다 항상 선생님들께 감사한 마음입니다. 성경책이 학교에서 배우는 책보다 어려운 것 같습니다. 학교에서 배우는 책은 읽기가 쉬운데 성경책은 읽기가 더 어렵습니다. 더 열심히 공부를 하면 성경책도 쉽게 읽을 수 있을 수 있으리라 생각합니다. 좀 더 열심히 공부를 해야겠습니다.

요즘은 산다는 것이 행복합니다. 학교에 가면 선생님과 함께 공부하면서 사는 재미가 있고 하루하루 생기가 납니다. 그리고 아들, 며느리, 손자들과도 즐겁게 살고 있습니다. 선생님들 정말 감사합니다.

나의 어린 시절, 그리고 한글 공부

우호순

나는 어려서 가정형편이 어려워서 초등학교에 못 갔습니다. 그렇게 자라 공부를 하고 싶어도 집에서 일만 했습니다. 그 동안 살면서 한글을 몰라 답답할 때가 한 두 번이 아니었습니다. 글자를 모르기 때문에 남들 앞에 나서서 뭐라고 말도 못하고 또 글자를 모르는 게 알려질까 봐서 가만히 있어야만 했습니다. 그 동안 살면서 어려움과 고통은 말로는 표현할 수가 없습니다.

늦은 감은 있으나 경원대학교에서 한글을 배우게 된 점을 참으로 고맙게 생각합니다. 나이가 많아서 금방 배운 것도 얼마 지나지 않아 잊어버리지만 하루하루 배운다는 생각과 마음이 항상 저를 즐겁게 합니다. 요즘은 글자를 알기 때문에 길을 가다가도 누구에게 물을 필요가 없습니다. 글자를 배우기를 잘했다는 생각이 듭니다. 그리고 요즘은 수업이 있는 날이 기다려지곤 합니다. 제 건강이 허락하는 날까지 배움의 길을 놓지 않겠습니다. 그 때까지 선생님들과 건강하게 한글을 배우고 싶습니다. 고생하시는 선생님들에게 감사의 마음을 전합니다.

나의 새로운 인생

김용순

옛날에는 인생은 60세부터란 말이 있다. 그런데 내 나이 이제 칠십이 넘어 팔십을 눈앞에 두고 있다. 그래서 남은 인생의 즐거움이 없어진 듯했다. 하지만 학교에서 한글을 배우고 친구들을 만나면서 새로운 즐거움을 찾고 있다. 하루하루 아프지 않고 건강하게 공부를 계속하는 것이 나의 희망이다. 그리고 여유가 있다면 우리 가족들과 여행도 다니고 즐겁게 살고 싶다. 앞으로도 얼마를 더 살아갈 수 있을지 모르겠지만 앞으로 살아갈 앞날을 위해서 열심히 느끼고 배우고 이런 노력들을 해야 할 것이다. 바로 인생의 계획표를 짜는 것이다. 살면서 자식들 키우느라 진정한 인생의 즐거움을 느낄 수 없었지만 이제는 다르다. 꿈은 어느 누구나 가질 수 있는 법이다 나이 칠, 팔십이라고 꿈이 없겠는가? 못 가지란 법이 있겠는가? 이제 나만의 꿈을 가지고 열심히 사는 것 그것이 나에겐 가장 큰 기쁨과 행복이라 생각한다. 소망이 있다면 공부를 잘 해서 남의 앞에서 자신 있게 글을 쓸 수 있으면 더 좋겠다.

한글로 인해 변한 나의 삶

김필녀

옛날에는 배움의 길이 모자라서, 한국민의 글인 한글마저 배우지 못하여 여간 불편을 느껴 오던 중 노인학교라는 배움의 길이 트여 세상을 살아가는데 편리한 점을 무어라 표현하기 어렵습니다. 한글을 배우기 전에는 길을 가다가고 이정표가 있는데도 읽을 줄 몰라 다른 사람의 도움을 청하곤 하던 것이 참으로 부끄럽고 무안하던 것이 이제 나도 할 수 있다는 자부심으로 사라가는 것이 마음 흐뭇합니다. 이제는 책도 읽고 뜻을 해석할 수 있으니 천하를 얻은 기분이요. 남들이 다 하는데 무엇이 두려워서 망설이고 있었는지 지금 생각하면 한심한 생각이 듭니다. 그러나 이제라도 남에게 뒤지지 않게 배워서 밝은 문화생활에 보탬이 되고 싶습니다. 직장생활을 할 때 자기 이름이 어디에 있는지 몰라 쩔쩔맬 때를 생각하면 한글을 배운 것이 얼마나 대견스러운지 모릅니다. 한글을 익히고 나서 사람은 배워야 한다는 말이 왜 그리도 생각이 나는지 모르겠습니다. 요즘은 한글을 배우면서 무슨 일이든 자신감을 가지게 되었습니다. 한글을 배운다는 것이 큰 자랑이자 행복입니다.

한글 공부

정부선

 어릴 때는 배움보다 생활이 바쁘게 그리고 결혼해서는 아이들 교육 때문에 감히 공부는 생각도 못하고 뒤늦게 경원대학교에서 저희들과 처지가 같은 분들을 가르치기에 기쁜 마음으로 열심히 다니다보니, 지금은 저의 이름과 신문을 읽게 된 것은 선생님들의 따뜻한 마음으로 가르쳐주셔서 지금은 저희가 한글을 읽게 된 것은 선생님들의 노고가 있기에 오늘의 나를 있게 한 것을 진심으로 감사드립니다.

 정말 선생님들 고마워요. 앞으로도 많은 지도 부탁드립니다. 저희들 마음은 언제나 감사하는 마음을 가지고 있습니다.

눈 뜬 장님을 벗어나다

두정복

나는 세상에 전쟁과 나와의 약속이나 한 것 같이 나는 그렇게 태어났다고 한다. 그때부터 험악한 세상을 살기 위해 고생을 많이 했다고 한다. 그래서 학교를 가지 못했다. 그래도 어깨 넘어 등 넘어 한글을 알게 되었다. 읽을 수는 있지만 쓸 수가 없었다. 어디 가서 주소도 못 쓰고 은행에 가서 돈을 찾을 수가 없었다. 답답했다.

그래도 행운인지 천운인지 경원대학교에서 공부할 수 있다고 해서 처음 와보니 정말 내가 하고 싶은 공부였다. 총장님은 제 마음을 어찌 아실까 정말 행운이다. 착하고 좋은 선생님 모두 감사드립니다.

열심히 더욱 공부해서 먼 훗날 경원대학교 우리 선생님 좋은 글 많이 남겨야지. 이 좋은 환경에서 공부할 수 있어 행복해요.

경원대학교와 한글 공부

정환임

손자들과 피서 다녀왔습니다. 재미있게 놀다 왔습니다. 수영장에서 재미있었습니다. 비가 많이 와서 인재 사람들의 고생을 보았습니다. 안쓰러워하면서 한편 다행스런 마음이 들었습니다. 서울 사람들은 복이 많은 사람들입니다. 하나님 고맙습니다. 행복합니다. 우리들은 행복했습니다.

여름방학을 했습니다. 선생님, 우리들을 위해서 수고 많이 하셨습니다. 오늘 방학해서 학교 다녀왔습니다. 삼십도 더위에 공부 잘 했습니다. 친구들도 만났습니다. 선생님도 만났습니다. 기뻤습니다. 좋은 일입니다.

경원대학교가 고맙습니다. 좋은 선생님이 계셔서 공부를 잘 하고 있습니다. 소원성취하게 해주었습니다. 그러나 열심히 해도 잘 안됩니다. 선생님 고맙습니다. 이 나이가 되도 학교에 다니고 싶었습니다. 얼마나 좋은지 모릅니다. 세상을 사는 맛이 납니다. 우리들은 육이오 난리 시절에 고생 많이 했습니다. 학교는 문 앞에도 못 갔습니다. 그런 저희가 대학교에 갔습니다. 사랑하는 남편이 모든 것을, 살아가는 것을 도와주었습니다. 경원대학교의 은혜에 감사합니다.

선생님들이 모두 열심히 해주셨습니다. 선생님이 우리들을 위해서 얼마나 수고하셨는지 모릅니다. 선생님 힘이 많이 드셨겠습니다.

경원대학교에 왔습니다. 꿈만 같습니다. 잘못 쓴 것을 이해해 주세요. 경원대학교에서 많이 배웠습니다. 진짜 몰랐습니다.

배움의 길

최영자

한글을 몰랐을 때는 길을 가면서 간판을 읽을 수 없었는데 도서관에 가도 이제는 어느 정도 글을 읽을 수 있게 되었다. 어린 나이에 못 배운 글을 늦게나마 배우려 하니 힘들었고, 선생님께서 열 번을 가르쳐 주셔도 글자를 잘 몰랐는데, 선생님께서 한 자 한 자 알게 해주어서 고맙다. 정말 늙은 나이지만 글을 알고 쓰고 읽을 수 있고 어느 곳에 가도 자신이 있다. 너무 늦게 깨우친 게 너무 아쉽지만 지금도 너무 감사하고 고맙습니다. 글을 안다는 게 이렇게 고맙고 자신 있는 줄을 몰랐습니다. 아는 것이 이렇게 뿌듯하고 좋은 줄 몰랐습니다.

경원대학교 사회봉사단 여러분 정말 고맙습니다. 이광정 교수님과 여러 선생님 감사합니다. 열심히 배우겠습니다.

우리 할머니 공부 열심히 하세요

안기순

저는 행복합니다. 사랑하는 우리 가족 학교에 가는 날에는 손녀 손자 모두 다 '할머니 사랑해요!' '우리 할머니 공부 잘 하세요!' 하면서 '우리 할머니 파이팅!' '우리 할머니 우리 어머님 공부 많이 하세요.' 하면서 '아들 며느리 손녀 손자 모두 열심히 하세요!' '어머님 사랑해요!' '할머니 사랑해요!' 하더군요. 나는 너무나 행복합니다. 아들 며느리 손자 손녀 모두 사랑합니다. 너무나 행복합니다. 무엇하고도 바꿀 수 없는 행복입니다.

한글을 배워서 좋은 일

곽영수

한글을 배워서 좋은 일들이 많은 것 같아요. 첫 번째 은행 동사무소 등등 어디라도 가면 "써 주세요." 하니 걱정이었지요. 지금은 아주 조금은 마음이 놓여요. 왜냐하면 남의 손을 빌리지 않아 혼자서 할 수 있어서 좋은 일이지요. 그리고 자신이 생기는 것 같아요. 어디라도 혼자갈 수 있고요. 예전에는 어딜 나서면 속으로 걱정했는데, 지금은 혼자서 길을 나서도 재미가 있어요. 왜냐면 길을 가다가도 내 자신이 글씨를 알아볼 수 있어서 내가 정말 이렇게 변한 것을 느낄 수 있기 때문입니다. 그리고 저 같은 경우에는 무엇보다도 기역 니은부터 배워서 이렇게 많은 글을 알고 있다는 것을 저도 깜짝 놀랐어요. 이렇게까지 내 눈을 뜨게 해 주신 여러 선생님들께서 얼마나 고생하셨는지 생각해 보면 정말 감사하지요. 그래서 앞으로 더욱 더 열심히 노력하면 지금보다는 훨씬 더 글을 잘 쓸 수 있으리라고 다짐해봅니다. 그리고 저는 지금까지 일기도 편지도 한 번 쓸 생각조차 해 본적이 없었는데 이렇게라도 쓸 수 있다는 것에 행복을 느끼며 이 글을 쓰고 있답니다.

내 인생의 청춘

오기심

　나에게 생긴 변화, 한글학교를 다니기 전 여가 생활이란 게 고작 아들네 왔다 갔다 하면서 얼굴 맞대는 정도였다. 생활이 변화가 없고 심심하기 짝이 없었다. 그런데 학교생활을 하면서 내 생활에 조금씩 변화가 생겼다. 열심히 하고 싶은 마음에 새벽 일찍 가서 앞자리에 앉아야겠다는 의욕이 생기고 공부에 욕심이 생기니까 생활도 재미가 있었다. 이왕 하는 거 잘하고 싶었고 손자에게도 본보기가 되어야겠다는 마음이 생겼다. 자연스럽게 공부와 친해지게 되었고 하루를 계획이 없이 시간을 낭비했지만 나름대로 계획을 세워서 성서 읽고 책도 읽고 쓰기 공부하는 시간도 자연스럽게 많아졌다. 그런 생활을 하다 보니 마음도 편해지고 나도 무언가를 할 수 있다는 자신감이 생기고 기분이 매우 좋아졌다. 이 때문에 누군가에게 의지하던 내 생활은 혼자 스스로 할 수 있는 힘이 생기게 되었고 성당에서 신자들의 기도묵상도 하게 되었다. 모든 게 두렵기만 한 내 생활이 이렇게 자신감 있게 변했다. 이는 모든 선생님들의 사랑이 만들어낸 값진 선물이라고 생각한다.

옛날 어린 시절의 순례가 되어

김순례

　나는 태어난 이후 학교를 다니지 못하였습니다. 나의 아버지께서 글을 못 배우게 하셨습니다. 여자가 글을 배워서 무엇에 쓰려고 하느냐며, 저를 학교에 보내지 않으셨습니다. 이후 나의 인생은 답답했습니다. 글을 쓰지도, 읽지도 못한다고 비웃음도 많이 받았습니다. 그런데 우연히 글을 배우게 되었습니다. 그때가 2003년 7월 되던 해였습니다. 제가 믿고 있는 종교 KSGI에서 발행하는 화광신문을 배부하고 있었는데, 우리 종교 간부님께서 경원대학교 이총장님께 한 부 전해드리라 하셔서, 경원대학교와 인연을 맺게 되었습니다. 하루는 경원대학교에서 화광신문을 전해드리던 중 한 아주머니께서 글을 배우는 교실을 못 찾아서 어쩔 줄 모르셔서 제가 교실을 찾아 주었는데, 그 교실 선생님께서 저에게 한글 배우기를 권했습니다. 저는 자신이 없다고 하였지만 선생님께서 노력만 하면 다 할 수 있다고 용기를 주셨습니다. 나의 인생이 여기에서 끝나는 것인가! 아니면 여기에서 새로 시작 할 것인가! 그래! 여기에서 끝내면 아무것도 아니다. 글을 배워야겠다는 생각에 선생님의 가르침을 받기로 결심을 했습니다. 선생님의 가르침대로 하루도 빠지지 않고 읽고 쓰고 열심히 배웠습니다. 지금은 잘 쓰고 읽지는 못해도 생활에 많은 도움이 되고 있습니다. 글 배우기 전에는 종교 서적이나 생활 정보지 같은 책을 쓰고 읽지 못해서 답답하고 불편하였습니다. 그리고 우리 선생님께서 항상 고마움을 느끼면서 열심히 글을 배우고 있습니다. 교장 선생님과 우

리 선생님께서 열심히 배우라고 격려도 해주시고 용기도 주셨습니다. 초
급반 선생님, 중급반 선생님, 상급반 선생님 외 모든 선생님께 감사드리
고 열심히 배우겠습니다. 고맙습니다.

2003년 6월 20일 화요일

손자들아, 할머니와 받아쓰기 하자

김금자

내 나이 어느새 60이 가까워졌다. 두 아들은 벌써 결혼을 했고 손자들이 둘씩이나 있고 나는 어느새 손자들의 할머니가 됐다. 아들 둘을 결혼시키고 남편과 둘이서 의지하며 살았는데 내 행복이 거기까지였다. 2년 전에 남편이 세상을 떠났다. 아침에 눈을 뜨면 항상 곁에 있던 남편도 없고 사랑하는 아들들 재롱떠는 손자들도 아무도 없는 텅 빈 방에 나 혼자이다. 그렇게 쓸쓸하고 허전한 마음으로 하루하루를 보내고 있던 나는 우연히 한글공부를 배우러 다니게 되었다. 옛날 어려운 살림에 제대로 배우지 못 했던 게 한이 되어 60이 가까운 나이에 공부를 한다는 것이 쑥스럽고 어색했지만 한편으로 설레기도 했다. 그리고 마음먹은 대로 되지 않아 스트레스도 받아 몇 번이고 포기하려 했다. 그런데 웬일인지 나는 어느새 한글공부에 내 마음을 의지하고 있는걸 알았다. 공부할 때는 어렵고 힘들어서 포기하고 싶어도 포기하고 나면 더 미련이 남고 자꾸만 그쪽으로 마음이 끌리고 있는 걸 알았다. 이제는 포기하지 않으려한다. 내 마음이 가는대로 또 내 나이를 생각하지 않고 그렇게 공부에 매달라고 싶다. 아침에 일어나면 나 혼자가 아니고 일어나면 공부하러 가야하고 저녁에는 혼자 잠자리에 들 것이 아니라 오늘 배운 공부를 복습한다. 잠이 들고 더 공부해서 나중에 우리 손자들에게도 당당한 할머니이고 싶다. 나 이제야 인생의 기쁨을 알았다. 이제는 나 혼자가 아닌 나에게는 언제까지나 끝까지 함께 하고 싶은 그리고 나를 설레게 하는 공부가 있는 한 나는 외롭지 않을 것이다.

하나님의 안내

박순영

2년 전 우연히 지하철 광고지에서 무료로 글을 가르쳐주신다는 글을 보게 되었습니다. 설레는 마음으로 찾아간 경원대에서는 많은 사람들이 글을 배우러 모여 있었습니다. 다음날 나는 떨리는 마음으로 학교에 갔습니다. 학교에 간다는 것이 기뻤고 하나님께 기도 드렸습니다. 선생님이 가르쳐주시는 것이 너무 재미있습니다. 하지만 내가 하나하나씩 배워간다는 것이 제일 즐거웠습니다.

은행이 무섭지 않아요

위삼례

나의 인생에서 좋은 점. 공부할 수 있어서. 그리고 경원대 오면 친절하신 선생님들께서 자상하시고 우리 어머니들이 떠들며 소리쳐도 너그럽게 잘 가르쳐주신 선생님들 항상 고맙습니다. 배우지 못한 채로 인생을 항상 기가 죽어 살아 온 내 인생 지금은 살맛나는 세상입니다.

그리고 은행에 가는 일도 이제 두렵지 않습니다. 이 모든 것이 경원대학교 선생님들 덕택으로 학교에 오는 날은 힘들어도 정말로 즐겁습니다.

나는 학교가 있는 한 또 내 건강이 허락되는 날까지 열심히 배우겠습니다. 선생님들께서 하시는 모든 일들 잘 되시고 항상 건강하시기 바랍니다. 그리하셔서 우리 어머니들을 끝가지 보살펴주시기를 바랍니다.

나의 일

서춘자

제가 하고 있는 일에 대해서 몇 자 쓰겠습니다.

15년 동안 새마을 운동을 하고 있습니다. '사랑의 손'등 봉사활동도 같이 하고 있습니다. 연말에는 쌀 모으기, 김장을 해서 혼자 사시는 노인들, 장애인들을 도와주고 있습니다. 노인정 봉사도 하고 있습니다. 그런데 봉사를 하면서 글을 배우지 못해서 많이 힘이 들었습니다. 글을 읽고 쓸 수 있었으면 더 많은 봉사활동을 할 수 있을 것 같습니다.

그래서 한 자라도 더 배우고 싶어서 경원대학교 집현전반을 왔습니다. 선생님의 가르침을 받아 한 글자 한 글자 배울 때마다 너무나 재미있습니다. 진작 못 배운 게 후회가 됩니다. 나는 부지런히 글자를 배워서 나보다 못한 이웃을 위해 더 많은 봉사활동을 할 것입니다. 그러기 위해 열심히 공부 할 것입니다. 하지만 배우는 우리들은 재미있지만 선생님들께서 많이 힘드실 것 같아 걱정이 됩니다. 선생님들 너무 감사합니다. 앞으로도 열심히 배워서 글을 잘 쓰겠습니다.

배움의 길에서

박창숙

5년 전 처음으로 학교를 찾았다. 그리고 몇 개월 안 되지만 다니는 동안은 배운다는 자체만으로도 행복하고 즐거웠다.

그곳에서 선생님들과 좋은 만남으로 인연을 맺게 되었지만 얼마 못 가 개인 사정으로 가지 못했으나 항상 마음이 있어 5년 후인 지금에서 다시 시작하게 되었다.

처음과 같은 마음으로 열심히 하려고 노력하는데 가끔은 빠지기도 하지만 어쩔 수 없는 상황들이 생기기도 한다. 그래도 지금은 또 다른 배움의 욕심이 생겼기 때문이다. 컴퓨터도 배우고 싶어서 열심히 한글 공부를 하려고 한다.

집현전에서의 한글 공부

전덕수

저는 행복한 사람이고 운 좋은 사람이고 내 인생은 참 좋다는 생각이 듭니다. 이 사람은 참 운이 좋은 생각이 든 것은 칠십 평생 공부를 한다는 것이 얼마나 좋은지 가끔씩은 이것이 꿈이 아닌가 하는 생각이 많이 문득문득 듭니다. 공부를 하면서 생긴 습관은 새벽이 되면 아주 일찍 일어납니다. 부지런히 공부 열심히 해서 표현하고 싶은 내 마음을 글로 풀어서 우리 지도 교수님께 글도 써서 보여드리고 싶은 마음이 크기 때문입니다. 어깨 너머로 배운 것이 다여서 제대로 배운 적 없는 한글이었습니다. 자식들 키우느라 나에게 쓸 시간이 없었지만 4남매를 출가시키고 한글을 배우게 되었습니다.

2003년 처음 시작할 때는 내 이름 석 자도 반듯하게 잘 쓰지 못했지만 내 이름 쓰는 것부터 배워 글을 깨우친 뒤는 한글반에서 집현전반으로 글을 새롭게 배우다보니 제 삶도 많이 변화하였습니다. 지금처럼 이렇게 글을 쓰다가 지웠다 하며 지내는 이 생활이 너무 너무 행복한 시간입니다. 참으로 이렇게 공부가 좋은 줄은 몰랐습니다.

어릴 적부터 공부가 너무너무 하고 싶었지만 여자라서 못했었고 항상 눈을 뜨고 살아도 그 동안은 장님처럼 까막눈으로 살아가고 있었습니다. 학교에서 공부를 마치고 집으로 전철을 타고 오면 친구들 하고 하루 종일 있었던 것 공부했던 이야기를 하면서 얼마나 좋아 웃고 집에 와서 생각하면 얼마나 재미가 참 있습니다.

그리고 요즘 날씨가 오락가락 비가 많이 옵니다. 저는 우리 집 손자, 손녀 모두가 아홉 명이 토요일이 되면 보통 다섯 여덟 명씩 오고 하니, 공부를 할 수 없었습니다. 이것저것 하다가 보면 하루가 금방 갑니다. 그리고 참 재미도 있습니다. 방학이 되어도 우리 친구들한테 전화 한 통씩 돌리고 한번 만나자하고 했는데 10일이 지나갔네. 그리고 나는 공부를 마치고 집으로 돌아오면서 공부한 친구들과 오늘 공부한 것도 이야기 나누는 시간조차도 너무나 소중한 시간이 되었고요. 하루가 금방 가고 다음날은 또 학교 갈 생각에 사는 것이 즐거워집니다. 다만 아쉬운 점이 있다면 매일 매일 학교 가지 못한다는 것입니다. 6월 21일부터 방학이었습니다. 7일 다 가고 방학도 없이 하고 싶습니다. 교수님 힘드시겠지만 학교 가는 것이 너무 즐겁습니다.

갑자기 어릴 적 우리 고향이 생각납니다. 경상남도 합천군 적중면 송림이라는 동네가 있었습니다. 같이 자라던 친한 친구가 9명이 있었는데 그 친구들이 한 명도 공부는 못하였습니다. 돌다리 밑에서 공기놀이나 하고, 때가 되면 자기 집으로 가서 밥을 먹고 또 만나 산에 가서 소나무 송진을 따서 껌을 만들고, 10세가 되어 사월 초파일에 절 구경을 하러 함께 갔었던 적이 있었습니다. 산골이어서 고사리를 꺾어다 놓으면 우리 어머니께서 시장에 내다 팔기도 했었습니다. 우리가 자랄 때는 왜 그렇게도 흉년이 많았던지 고생을 많이 하고 자랐던 기억이 많습니다. 우리 동네는 청년들이 아이들을 모아놓고 공부를 가르치기도 했지만 우리 할머니가 완고하셔서 여자는 절대로 공부를 하면 안 된다고 숟가락 열 개만 셀 수 있고 자기 이름 쓸 줄만 알면 된다고 하였습니다. 공부는 남자만 하는 것이고 군대 가니까 편지를 써야 되기 때문에 공부를 하는 것이지 여자는 시집가서 시부모님 공경 잘하고 남편에게 잘하면 되고 길쌈 잘하고 베를 잘 짜고 음식 솜씨 있게 하면 된다고 하셨답니다.

하지만 우리 친정어머니께서는 그래도 여자도 공부를 해서 편지 한 글자라도 쓰려면 해야 된다고 다른 생각을 하고 계셨던 것 같습니다. 어릴 때부터 영리하다고 칭찬을 듣고 자랐었고 언제라고 꼭 기회가 된다면 꼭 공부를 하라고 말씀하신 기억이 지금도 생생합니다. 지금 공부를 하고 있는 저의 모습을 하늘에 계신 저희 친정어머님이 보신다면 딸 장하다고 칭찬하실 것입니다. 그러면 저도 말씀드리고 싶습니다. 어머니 저도 칠 십 평생 공부를 하고 편지를 쓰니까 꿈만 같습니다.

시간만 나면 책을 보는 것도 재미가 참 있습니다. 오늘도 손자 손녀들 이 온다는 것도 아무도 오지 마라 하고 글을 쓰면서 저는 우리 경원대학 교 사회봉사단 집현전반 지도 교수님 문학 박사님께서 우리에게 글을 좀 써 보세요 하고 또 좋은 글을 많이 읽어 주시고 또 좋은 내용의 이야기 를 복사해서 공부하고 싶은 마음이 더 자꾸 자꾸 생기는 것 같아서 항상 감사드리고 고맙습니다. 그런데 죄송한 것이 있습니다. 교수님에게 보답 도 못해 드리고 스승의 날도 그냥 지나가서 교수님들 뵐 때마다 저는 마 음이 너무 죄송했습니다. 그리고 2006년 새봄을 맞아 새 책을 받아보니 너무 좋아서 날아갈 듯 했었고 밤이 새도록 책을 읽었습니다. 새 책이 있는 것이 너무 좋아서 책 속에는 좋은 글이 너무 많아 또 읽고 가을 학 기에 만드는 교재는 특별한 의미가 많이 있는 책입니다. 저는 우리 경원 대학교 총장님 이야기가 있기 때문이지요. 사회봉사단장 의학박사 총장 님 고맙습니다. 그리고 우리 교수님들 고생이 너무 많았습니다. 우리 지 도 교수님도 신경 많이 써 주셔서 진심으로 고맙습니다.

저도 더욱 더 공부를 열심히 하겠습니다. 한해 한해가 달라 2003년 때 보다는 기억력이 희미해져서 올해는 몇 번 읽었던 것도 기억이 가물거려 서 속상할 때도 있지만 그럴수록 한번 해 봐야지 하는 오기도 생깁니다. 누가 시켜서 하는 것도 아니고 마음이 당겨서 하고 싶어지니깐 저는 책 보는 것만으로 새벽에 일어나서 세수하고 머리 빗고 책상에 앉을 때가 제일 행복한 순간인 것 같습니다. 저가 쓴 연필이 몽당연필이 너무 많아 서 셀 수 없이 많습니다. 그것을 볼 때면 얼마나 뿌듯한지 모릅니다. 샤

프도 있고 하지만 어렸을 때부터 내 손으로 연필 깎아서 하는 것이 소원
이고 한이 되었던 사람이라서 오늘도 행복하게 연필을 잡고 안 보이는
돋보기를 쓰고 정신을 집중하고 책상에 앉습니다.

교수님 너무 행복한 인생 만들어줘서 감사합니다.

나의 한글 공부

김용순

나는 한글을 모르는 것을 부끄럽고 창피하게 생각했었다. 친구들을 만나면 주눅이 들고 말을 하려고 해도 실수나 안할까 걱정이 되어서 말문이 막히곤 하였다. 그런데 요즘은 예식장 같은데 가도 이름을 자신 있게 쓸 수 있으니까 너무 좋고 이제는 자신감이 생긴다.

나는 시골에서 초등학교가 멀어서 못 갔다. 그리고 남자들은 하숙을 시키기까지 하면서고 여자라는 이유 때문에 보내지 않았고, 거기다가 시골에서 동생들을 봐줘야 했기 때문이다. 그래서 나는 어린 시절에 여학생을 보면 얼마나 부러워했는지 모른다. 그래서 자식을 낳으면 밥은 못 먹어도 공부는 어떻게 해서라도 열심히 가르쳐 주려고 생각했다. 나는 못 배웠어도 자식들만은 꼭 공부시키고 싶었기 때문이다. 다행히도 우리 자식들이 잘 따라주었기 때문에 4남매가 훌륭하게 명문대학을 다 마쳤다. 이만하면 소원을 풀었다고 생각이 든다. 요즘에는 경원대학교에 다니는 것이 행복하고 즐겁다. 자식들을 위해서가 아니라 나 자신을 위해서 공부하는 것이 행복하고 즐겁다.

제3부 맛있는 이야기

음식을 주제로 이야기를 써 보았습니다.

몸에 좋은 음식들

정환임

보신탕. 많은 음식을 힘이 많이 났습니다.

삼계탕도 좋은 음식입니다.

오늘 수박도 먹는 날입니다.

참외도 먹습니다.

오늘 행복합니다.

먹을 음식도 많았습니다.

복숭아도 맛있습니다.

매일 오늘 먹는 음식도 많았습니다.

초복날 선생님은 우리들을 위해서 수고 많았습니다.

자두도 맛있습니다.

과일입니다.

오지가 좋아합니다.

삼계탕 맛이 좋습니다.

우리 어머니하고 아버지가 좋아하셨습니다.

초복날 제일 좋아하셨습니다.

삼계탕을 드세요

오춘애

저희 가족이 해마다 복이 돌아오면 약병아리를 열 마리 쯤 사다가 재료 넣는 게 대추, 밤, 찹쌀, 인삼, 빨간 무 그렇게 둔통에다 넣어서 끓여서 우리 집 지하에 사는 할아버지를 먼저 남편, 아들, 큰 딸, 둘째, 셋째, 손자 그렇게 드렸습니다.

오라고 해서 오순도순 이야기 하면서 먹고 차 한 잔씩 마시고 노래방에 가서 재미있게 놀고 나면 배가 고픕니다. 이차로 분당에서 아구찜을 잘해서 먹으러 갑니다. 가족이 많아서 계산이 많이 나와서 큰 딸, 100000원, 아들이 100000원 그렇게 걷어서 냈습니다.

우리 가족은 행복합니다. 선생님께서도 수업이 끝나시면 집에 가셔서 삼계탕을 잡수세요.

가족끼리 한 자리에

우호순

우리는 오늘 큰 며느리가 가족 모두 모여서 삼계탕을 먹자고 한다. 우리 작은 며느리는 삼겹살 우리 가족은 열 한 식구 모여서 우리 집에서 음식 먹기로 하였다. 여름 방학 때 우리 식구들은 광천으로 놀다왔다. 광어회도 먹었다. 오늘은 날이 너무나 화창합니다. 나는 학교에 와서 공부한다. 나는 공부하는 게 너무 좋아요. 어려서 공부를 못하고 이제 공부를 하려고 하니까 너무 모릅니다. 생각이 안 나서 할 말이 없어요.

초복에 닭죽을 먹어요

박창숙

나는 오늘이 초복인 줄도 몰랐다. 그런데 우리 큰 딸이 닭을 사다 냉장고에 있다고 전화를 해서 알았다. 그런데 나는 왜 갑자기 닭을 사왔는지 몰랐다. 그런데 학교에 왔더니 선생님께서 오늘이 초복이라고 하셨다. 그리고 선생님께 오늘 초복이라고 글짓기를 하셨습니다. 그런데 무얼 써야 하는지 모르겠다. 한참을 생각 하다가 나는 글을 쓰다가 받침이 맞지 않는 것 같아서 선생님께 물었다. 선생님은 나에게 받침 틀린 것을 말해 주셨다. 그리고 오늘 집에 가서 삼계탕을 끓여 온 식구들과 맛있게 먹어야겠다. 그리고 보니 우리 아들 며느리도 불러서 먹고 싶다. 그리고 우리 옆집 나리 할머니도 불러서 같이 먹어야겠다. 또 세탁소 집도 부르고 가겟집 아줌마도 불러서 먹어야 겠다.

복날엔 식구들이 모여요

한경순

복날은 우리는 주로 삼계탕을 많이 먹는다. 삼계탕에는 닭, 인삼, 대추, 마늘, 황기, 찹쌀, 넣는다. 우리 아들네 가족 딸네 가족 모여서 먹고 과일도 먹고 즐겁게 지냅니다. 우리나라 국민들도 삼계탕이나 개장국이나 오리나 무엇을 먹던지 먹을 것 입니다. 그리고 가족들이 모여서 먹고 그러면 좋으나 부엌에서 좀 서있으면 몸이 아파서 힘듭니다.

김치찌개가 맛있어요

두정례

옛날에 어머니가 어린 시절에 복날이면 삼계탕을 해주셨을 때의 생각이 납니다. 우리 집에서 먹은 음식은 김치찌개입니다. 그리고 식구들이 좋아하는 음식은 김치를 좋아해요. 국은 된장국을 잘 먹습니다. 우리 할아버지는 보신탕을 잘 드셨습니다. 아들은 떡볶이를 좋아해요. 나는 야채를 잘 먹습니다. 우리 가족은 음식을 골고루 다 잘 먹습니다. 오늘은 복날이라서 수업이 끝나고 나면 삼계탕을 먹으러 갈 겁니다. 삼계탕은 여름에 대추, 황기 넣고 끓여 먹으면 보신이죠.

우리집 복순이

두정복

보신탕 음식이라고 생각해 본 적이 없다. 그렇게 충성을 하는 복순이, 된장만 보면 무서워 삼십육계 도망가지요. 그래서 난 복순이만 보면 된장을 잘 보여준답니다. 솥뚜껑도 무서워한대요. 우리 인간한테 그렇게 충성스러운 복순이, 얼마나 예쁜데요. 음식이라니요 안돼요.

삼계탕이나 먹어야지요. 양반 다리하고 밥상에 올라오는 나라님도 좋아하신대나요. 나도 좋아하는데요. 뜨거운 국물 먹고 싶어 빨리 끝나고 가면서 삼계탕 먹고 가야지 대파 많이 넣고 소금 넣고 맛있게 먹어야지.

무더운 여름을 이겨내는 방법

차성호

삼계탕은 옛날 조상님들이 무더운 여름철에 논일이고 밭일만 하다 보니 더위에 지쳐 식은땀을 흘리기만 하여 기진맥진하는 철에 보약 먹을 형편은 못되고 음식으로 여름 한철 보약으로 생각하고 닭 한 마리에다 인심과 찹쌀, 마늘, 대추, 밤, 여러 가지 영양분을 넣어 가지고 삶아 온 가족이 한자리에 앉아 오순도순 정답게 나누며 먹는 음식이다.

조상님들이 그렇게 하신 것이 내려와 지금은 정통으로 온 국민이 다 초복 중복 말복 날 잊지 않고 몸보신한다고 삼계탕을 먹는 날로 알고 식당에서도 가정에서도 복날만은 분주합니다.

즐거운 학교, 재밌는 공부, 맛있는 음식

남낙순

여름 초복엔 삼계탕, 보신탕, 수박을 좋아합니다. 또 냉면도 좋아합니다. 먹는 것도 좋지만 장맛비 수해로 여러 수많은 사람들이 굶주리고 있는데 먹는 말에 생각이 나지 않습니다. 훌륭하신 성생님을 만나서 많은 것을 배웠습니다. 학교에 가기 전에는 매사에 자신이 없고 글씨 쓰는 일이 있어도 쓰지 않고 하다가 학교에 나와 훌륭하신 선생님들을 만나서 공부를 배우니 이제는 점점 자신감이 생기고 살아가는데 큰 도움이 된다는 것을 느끼게 되었습니다. 앞으로 열심히 공부하여 선생님께 보답하는 마음으로 열심히 살아가고자 합니다. 항상 선생님께 감사하게 생각합니다.

최고의 보양식 추어탕

송기문

추어탕에 대하여 글짓기를 해봅니다. 7월 16일에 이웃사촌들과 함께 추어탕을 먹으려고 음식점을 찾아갔습니다. 추어탕에 무엇이 들어가는지 살펴보았습니다. 1. 미꾸라지, 2. 깻잎, 3. 부추, 4. 파, 5. 마늘, 6. 들깨가루 이렇게 들어 있었습니다. 맛을 보고 먹기 시작하였습니다. 보양식이라고 생각하고 맛있게 먹고 즐거운 마음으로 음식점을 나오면서 이야기를 나누고 집으로 돌아왔습니다.

여러 가지 음식

박순심

닭 죽 부침개 옥수수 먹는다. 우리 집에는 바빠서 여러 가지를 해먹을 수가 없습니다. 수박 자두도 사다 먹고 가끔 찜질방에도 친구들과 같이 가고 있습니다. 아들, 딸도 와서 삼겹살도 구워 먹습니다. 오늘은 초급반만 할까 봐요. 시장에 가서 무엇 무엇을 살까 생각을 해봐야죠. 올해는 감자떡을 해먹을까 합니다. 또 작은 아들이 오년 만에 손자 아들을 낳습니다. 너무 기분이 좋아요. 그런데 보고 싶지만 제가 감기가 들어서 보러 가지도 못합니다. 이름은 똘똘입니다. 저는 학교를 많이 다니지도 못했는데 요즘에는 학교에 와서 공부도 많이 하고 글씨도 많이 늘어서요 정말 감사합니다. 특히 저는요 진심으로 초급반 선생님한테 어려운 단어를 많이 배웠어요. 감사합니다. 정말입니다. 저는요 정말로 초급반 선생님 상급반 선생님한테 많은 걸 배웠습니다. 누가 뭐라 해도요. 진짜예요 앞으로 많이 가르쳐주세요. 저는요 잘하는 것은 열무김치를 잘 담가요. 또 청소를 잘 합니다. 그리 또 부지런한 편이예요. 그런데 성질 급합니다. 그래서 얻은 것이 없어요. 선생님 감사합니다.

음식 준비

전덕수

초복은 먹는 음식은 닭을 할 때는 인삼을 넣고 곰을 합니다. 그리고 또 수박을 먹습니다. 우리는 초복이 되면 며느리는 닭을 사옵니다. 큰 며느리는 향기도 많이 두 다발 사서 왔습니다. 막내며느리는 돈을 봉투에 넣고 가지고 왔어요. 그리고 똘이 또 쇠고기를 갈비양념 해서 가지고 왔습니다. 그리고 손자 손녀 여섯 명이 아침에 잠을 자고 있는데 저는 학교에 와야 하니까 아무리 깨도 일어나지 않았습니다.

그래서 저는 학교에 오기 때문에 혼자 밥을 먹고 전철을 타고 신나게 왔습니다. 그리고 우리 집에는 밑에 있는 3층에서는 아저씨가 올라와서 난리가 납니다. 그래서 저는 시장에 가서 쇠고기를 갈비를 사다드리고 합니다. 저는 공부를 열심히 한다고 해도 아직도 마음대로 안돼요. 항상 한자 두자 또박또박 열심히 가르쳐주셔서 고맙습니다. 우리 할머니들 가르치고 고생합니다.

여름 장마에 온 초복

이두지

나는 아직도 봄인 줄 알았는데 벌써 여름이 와서 장마에 정신이 없는데 오늘이 초복이라고 한다. 비에 수해를 본 사람들 생각을 하면 초복이 무슨 의미가 있을까? 그분들은 옷도 없고 먹을 것도 없는데…….

초복에는 수박과 곰탕과 닭죽은 찹쌀 황기 대추 마늘 인삼을 넣고 죽을 끓여 먹는 날이다. 온 식구들을 위하여 힘내라고 먹는 음식이다. 나는 음식을 못하여 식구들에게 미안하고 부끄럽습니다. 남들은 맛있는 음식을 식구들을 위하여 정성을 다하여 하는데 아무리 하려고 해도 안돼요. 음식에 소질이 없어요.

경원대에 와서 많이 배웠습니다. 이 글 쓸 줄도 몰랐는데 너무 감사합니다.

초복과 삼계탕

오기심

오늘은 초복이다. 즐거운 마음으로 삼계탕을 하였다. 온 식구끼리 모여서 재미있게 먹고 놀았다 그리고 손자들하고 걷는 시합도 하고 너무너무 재미있게 놀다보니 해가 지는 줄도 모르고 있었다. 저의 집으로 보내고 나는 성당에 가서 미사 드리고 집으로 와서 보니 나 혼자 심심했지만 씩씩하게 성경책도 읽고 즐거운 마음으로 살아가고 있다.

학교에 오면 선생님도 만나고 친구도 만나고 재미있게 지내고 있다. 더 이상 무얼 바라겠는가! 세월 따라 같이 가는 인생 끝까지 가자.

여러 가지 음식 재료

정부선

　삼계탕에 들어가는 재료 마늘 작은 닭 그리고 황기 인삼 대추 밥 은행 찹쌀 그리고 솥에 놓고 삶는다. 그리고 개를 많이 먹는데 개는 재료가 개고기 깻잎과 파 참기름 들깨 가루 토란 된장 여러 가지 재료가 들어갑니다. 그리고 또는 과일은 수박을 많이 먹습니다.

　복에는 많은 사람들이 개고기와 삼계탕을 제일 많이 먹습니다. 우리나라 사람들은 복에는 개고기가 제일이라고 합니다. 우리 가족은 삼계탕을 많이 먹습니다. 그리고 소고기도 많이 먹는다. 복에는 더운 음식을 먹는 것이라고 합니다.

　쓸 것이 없습니다. 이만 줄입니다. 우리는 너무 몰라서 쓸 수가 없습니다. 이제는 더 쓸 수가 없습니다. 된장찌개 추어탕도 많이 먹습니다. 오늘은 이만 쓰겠습니다.

삼계탕은 몸에 좋아요

박동덕

초복에 먹는 음식은 주로 닭에다 인삼, 밤, 대추, 찹쌀 등 여러 가지 것이 들어간다고 합니다. 그러나 지금은 엄나무 황기 꽤 여러 가지 들어가면 몸에 좋다고 합니다.

그러나 제 입맛에 따라 각각 틀리겠지요. 저는 소갈비를 더 좋아하지요.

여름에 주로 시원한 것을 먹는데 여름일수록 뜨거운 것을 먹어야 좋다고 합니다. 삼계탕 음식을 꼭 먹어야 한다면 그런 재료를 넣어서 먹어야겠지요.

무슨 말을 써야 할지 생각이 나지 않습니다. 선생님, 이제 삼계탕을 많이 먹었으니 추어탕을 적어봅시다. 추어탕은 호박잎을 넣고 파 마늘 넣어서 끓이지요.

무슨 말을 해야 할지 이제는 그만 줄입니다.

음식을 맛있게 먹는 법

김순례

삼계탕. 인삼, 대추, 밤, 마늘, 생강, 황기를 넣어야 맛있습니다.

복에는 수박, 참외, 소고기, 돼지고기, 과일을 먹었습니다.

밥 먹을 때 김치, 생선국, 배추, 김치, 깍두기, 고추장, 된장, 찰밥도 먹겠습니다.

쌀, 보리, 콩, 팥, 서숙, 수수, 마늘, 감, 대추, 고추, 무, 호박, 참외, 상추, 고구마, 엄나무, 칡넝쿨, 수박, 찹쌀, 소나무, 함박꽃, 매운탕, 찌개, 된장찌개, 콩나물밥, 보리밥, 호박죽, 인절미, 송편, 시루떡, 쑥떡 많이 먹었습니다.

콩국수, 냉면, 비빔밥, 열무김치 맛있습니다.

지혜가 없어 받침을 모릅니다.

너무 부끄럽습니다.

맛있는 음식

김수남

오늘은 초복이다. 나는 삼계탕을 먹기로 했다. 우리 아들 며느리 하고 초복에 삼계탕을 해먹자고 식구가 다 모이기로 전화를 하고나왔다. 사랑하는 우리 아들 며느리 딸 다 모이니까 너무 즐겁다.

올해도 반계절이 되었군요.

나는 경원대 와서 글을 배우는 날이 가장 행복한 날이다. 선생님 저는 반평생을 답답하게 살아왔습니다. 이제는 세상이 모두 환하게 산답니다. 어디든지 가도 자신감이 있답니다. 아 나는 행복하답니다.

내가 좋아하는 것

정명희

닭, 소고기, 게, 매운탕, 찰밥, 나물이 좋다.

재원이 아빠랑 삼계탕을 먹으러 갔으면 좋겠다. 조개도 먹고 싶다. 조개란 조개는 다 먹고 싶다. 과일 골고루 먹고 싶다. 건강이 정말 좋았으면 좋겠다. 돈도 적당히 있었으면 좋겠다. 우리 식구가 건강했으면 좋겠다. 재원이 아빠 회사가 잘됐으면 좋겠다. 공부하는 데가 많았으면 좋겠다. 산수도 한 시간씩 했으면 좋겠다. 한글하고 산수하고 기본이다. 그러니까 한글하고 산수하고 해야 한다.

열심히 공부를 하며 음식 생각

한미애

　나는 오늘 초복이라서 점심에 삼계탕을 하려고 했지만 우리 식구 아버지 아들 딸 가족은 이미 먹은 것은 다음에 먹어도 된다고 하면서 학교에 가서 공부를 하고 오라고 해서 나는 학교로 왔지만 와서도 마음이 편치가 않습니다. 그래서 나는 공부를 열심히 하겠습니다. 나는 공부가 모자라서 쓰고 싶은 것은 많지만 이것으로 끝내겠습니다. 나는 그래서 저녁에 가는 즉시 끓여주려고 생각하고 있습니다. 늦었지만 끓여서 맛있게 먹는 것을 보면 내 기분이 좋겠습니다. 선생님 잘 봐 주세요.

덥고 비가 잦은 여름

조순애

초복에 먹는 음식은 삼계탕 밤, 대추, 황기를 넣어서 끓인다. 찹쌀 보신탕 복날 먹는 것이다. 중복 말복 과일 수박 먹는다.

올해는 비가 많이 오고 너무나 비가 며칠씩 와서 지겨웠습니다.

여름이 왔다. 날씨가 너무나 덥다 나는 너무나 더워서 싫다. 산에는 너무나 상쾌하다 바람은 산들산들 불고 있다.

선생님도 우리들을 가르치는 데 얼마나 힘드신 줄 알아요. 가르쳐 주시면 딴청을 떨고요. 그러니 얼마나 힘드시겠지요.

할 말이 없어요. 세월이 빨라요. 일주일이 삼사일은 금방 가요.

무엇을 먹을까요

위삼례

초복에는 삼계탕을 먹습니다. 삼계탕에 들어가는 재료는 인삼과 대추 마늘 그리고 찹쌀과 은행도 들어갑니다. 삼계탕은 약간 무르게 써야 맛이 좋습니다. 되게 쓰면 맛이 좋지 않은 법입니다.

우리 집 영감님께서는 삼계탕을 참으로 좋아하십니다. 그래서 나는 삼계탕을 자주 하는 편입니다. 그런데 저번에 중학생 손자 아이가 우리 집에 와서 나는 닭을 사다가 삼계탕을 썼더니 아이는 먹지 않았습니다. 그래서 나는 아이들에게는 삼계탕을 해 주지 않으리라고 다짐을 했습니다.

복날에는 개고기도 먹습니다. 개고기는 깻잎과 드리고 들깨가루가 필요하고 된장과 참기름도 필요합니다. 이런 음식을 먹을 때는 반드시 뜨겁게 먹어야 맛있습니다.

제4부 가족 이야기

집현전 할머니들이 가족에 대해 쓴 글을 모았습니다.

행복한 우리 가족

안기순

행복한 우리 가족. 저는 행복합니다. 사랑하는 우리 가족. 학교에 가는 날에는 손녀, 손자 모두 다 할머니 사랑해요 우리 할머니 공부 잘 하세요 하면서 우리 할머니 파이팅 우리 할머니 우리 어머님 공부 많이 하세요 하면서 아들 며느리 손녀 손자 모두 열심히 하세요 어머님 사랑해요 할머니 사랑해요 하더군요. 나는 너무나 행복합니다. 아들 며느리 손자 손녀 모두 사랑합니다. 너무나 행복합니다. 무엇하고도 바꿀 수 없는 행복입니다.

자식 이야기

박동덕

자식을 둔 부모라면 누구나 자기 자식이 제일 귀하고 소중하겠지요. 하지만 제 아들을 자랑하자면 그 끝이 없습니다. 간단히 말하자면 자식 열 둔 것보다 낫다고 할 수 있습니다. 첫째로 우리 아들은 매일매일 안부 전화를 합니다. 사회생활로 바쁘고 지칠 만도 한데 부모님께 드리는 안부전화 만큼은 하루도 빼먹지 않고 꼬박꼬박 하루에 두 번씩 안부 전화를 합니다. 전화가 조금이라도 늦으면 오히려 무슨 일이 있는 게 아닌가 하는 생각이 들 정도입니다. 결혼 후 자주 보지는 못하지만 목소리를 매일 들으니 같이 사는 것처럼 든든하답니다. 둘째로 우리 아들은 자식을 셋이나 두었습니다. 요즘 하나 낳아 기르는 가족들이 늘고 있는 이 시대에 자식을 셋이나 낳는다는 게 쉬운 일이 아니지요. 자식이 많기를 바라는 제 마음을 알고는 손자들을 셋이나 나에게 안겨주니 얼마나 기쁘고 행복한지 말로 표현할 수가 없답니다. 요즘은 손자, 손녀들의 재롱에 흥이 저절로 난답니다. 제게 에너지를 주는 힘의 원천이라고 할 수 있지요. 셋째로 우리 아들은 제게 돈 걱정 없게 해준답니다. 다른 자식들도 부모님께 용돈이며 생활비를 준다지만 우리 아들은 그것 외에 자동차세, 보험료, 핸드폰 요금까지 다 물어 주지요. 그래서 돈만 있으면 자식에게 무언가를 해주려고 노력합니다. 그러나 우리 아들은 부모님께 손 한번 내밀지 않고 결혼해 집까지 장만하였답니다. 오히려 제게, '저는 돈 밖에 없으니 제가 좀 드릴까요?' 하면서 미안해하는 저를 안심시킨답니다. '또

한 제가 아프면 병원도 예약해 주어 손쉽게 병원에 갈 수 있도록 해주고
어떠한 일에 대해 상의를 하면 알아서 척척 해결해 준답니다. 아주 잘
살지는 못해도 유식하고 다재다능하며 마음만은 부자랍니다. 마지막으로
우리 아들은 34년 동안 제 속을 한 번도 썩인 일이 없답니다. 다른 사람
들은 믿을 수도 이해할 수도 없겠지만 사실입니다. 유아기 때, 학창시절,
자라서 지금까지도 제 속을 아프게 하거나 속상하게 한 적이 없답니다.
남들은 자식이 애물단지니, 가지 많은 나무가 바람 잘 날 없다니 하면서
자식이 속을 썩여 신세 한탄까지 하는 사람들을 많이 보아왔습니다. 하
지만 저는 그런 경험이 없어 오히려 그런 사람들의 마음을 잘 이해할 수
없답니다. 이만하면 우리 아들을 자랑스럽게 생각하는 게 당연하지요.
한마디로 말하자면 자랑의 끝이 없겠지만, 이 세상에 좋은 아들딸도 많
겠지만 우리 아들만큼 자랑스럽고 사랑스러운 아이는 없을 겁니다. 우리
아들 조영걸, 엄마는 너를 정말 정말 사랑한단다.

우리 가족

유원희

우리 식구는 다섯 명입니다. 저는 경원대학교 집현전반에 재학 중인 유원희입니다. 세대주인 남편과 맏딸 형주, 둘째 딸 아라, 막내아들 민근 그리고 저 이렇게 다섯입니다.

우리 남편은 별로 자랑할 것이 없습니다. 다만 한 가지 제 생각에는 우리 남편은 복을 많이 받은 것 같습니다.

우리 집 옆에 텃밭을 만들어 채소도 심고, 콩도 심어서 밥을 할 때 콩을 넣어 먹습니다. 봄이면 흙을 갈아엎고 씨앗을 뿌립니다. 씨앗을 뿌리기 전에 밭을 갈아엎는데 나는 삽으로 밭을 갈고 우리 남편은 뒷짐을 지고 감독만 합니다. 옆집 사람들은 우리를 보고 완전히 뒤바뀌었다고 합니다. 주로 집에서 못을 박거나 무거운 짐 같은 것은 제 몫입니다. 우리 남편은 항상 감독만 하고 있지요.

2년 전에 우리 남편이 산에서 산삼을 많이 캤습니다. 제일 큰 것은 시어머니께 드리고 또 남편의 형님 그리고 저도 하나 먹었습니다. 그리고 아이들 감기에 걸리지 말라고 하나씩 먹이고 남편 친구들과 이웃집, 몸이 편찮은 분들과 나누어 먹었습니다. 하지만 우리 남편은 먹지 않았습니다. 이상해서 물었더니 본인은 건강해서 먹지 않아도 된다고 하더군요.

그런데 그게 문제가 아니고요. 문제는 힘든 일이 있으면 모두 나를 시키는 거예요. 이유는 산삼을 먹은 사람이 힘이 세다고요. 산삼 먹일 때는 다 이유가 있다나 뭐라나. '아, 내가 산삼 먹을 때 그냥 먹는 게 아닌

데…….'

우리 큰딸은 대학을 졸업하고 지금은 직장 생활을 하고 있습니다. 처음에는 많이 힘들어 했지만 지금은 잘 다니고 있지요.

둘째 딸 조아라. 항상 좋은 일만 생기라고 이름을 '조아라'라고 했답니다. 아라는 지금 고등학교 1학년에 재학 중입니다. 공부에 욕심이 많은 아이입니다. 처음 초등학교에 입학을 하고 어느 날 체육복을 입고 가는 뒷모습을 보고 아라에게 "아라야, 키가 너무 작은 것 같다."고 하니 아라가 하는 말이 "누가 크지도 않은 걸 학교에 보내요?"라고 하더군요. 아라는 일곱 살에 입학을 했거든요. 벌써 고등학생이라니……. 학교에서 아라는 인기가 많답니다. 선생님들께서도 칭찬이 자자하답니다. 동네에서도 어른들께 예의 바른 아이로 인정받고 있지요. 공부도 중요하지만 먼저 인간다운 것이 더 중요하지요.

마지막으로 우리 아들. 제일 잘 하는 것은 먹는 것입니다. 공부도 먹는 것처럼만 했으면 학교에서 일등 할 수 있을 텐데……. 그러나 좋은 점도 많이 있어요. 성격 좋고 유머도 있고 엄마하고도 잘 통하는 우리 아들. 엄마가 모르는 것이 있으면 선생님처럼 잘 가르쳐 주고 그런답니다. 아~ 우리 아들이 잘하는 것이 또 한 가지 있어요. 학교는 절대로 결석하지 않아요. 나는 우스갯소리로 오늘도 급식 먹으러 가느냐고 하지요. 그래도 결석하지 않고 학교에 잘 다니는 우리 아들을 사랑합니다. "사랑한다. 아들아."

우리 식구들 모두 건강하고 맡은 일에 최선을 다하는 가족이 되었으면 좋겠습니다.

내가 행복한 이유

김금자

아직 잠에서 깨지 않은 이른 아침, 어디선가 나를 깨우는 요란한 전화 벨소리가 들렸다. 따르릉, 따르릉. 아니, 이렇게 일찍부터 누구야? '여보세요? 난데 오늘 우리 집에 오기로 한 거 잊지 않았지? 꼭 와.' 아 참, 오늘 그 친구 집에 가기로 했지. 세월 탓인지 나이 탓인지 며칠 전에 친구와 약속했던 걸 깜빡 잊고 말았다. 아침을 먹고 있었다. 반찬도 반찬이지만 혼자 먹는 밥상이 처음은 아니지만 왠지 쓸쓸하다. 그런데 또 따르릉, 따르릉. 아이구 바쁘네 바빠. '여보세요, 할머니 나야. 할머니 보고 싶어.' 나의 소중한 손자였다. 내가 보고 싶다는 손자의 그 말에 나는 그만 눈물이 핑 돌고 말았다. 이상하게도 손자의 전화를 받고부터 밥맛이 돌기 시작했다. 그 날 아침도 그렇게 바쁘게 시작하며 이 사람 저 사람을 만나고 있는데 어둑어둑한 저녁이 돼서야 집에 올 수 있었다.

나이가 나이인 만큼 하루 종일 바쁘게 다니다 보니 여기저기 아프고 피곤했다. 일찍 잠자리에 들기 위해 누워서 천장을 바라보는데 이 생각 저 생각에 잠이 오지 않았다. 내일은 무슨 약속이 있었나. 아, 우리 손자가 나 보고 싶다고 내일 온다고 했지. 그 생각을 하니 설레이는 마음에 더 잠이 오지 않았다. 비록 혼자서 밥을 먹고 혼자서 잠자리에 들지만 나를 찾는 사람이 있고 나를 보고 싶어 하는 내 예쁜 손자, 손녀, 아들, 며느리가 있는데 어찌 내가 외롭다고 할 수 있을까? 그리고 내일을 기다릴 수 있는 이 시간이 있다. 이런 것이 내가 행복한 이유인 것이다.

우리 가족 이야기

한미애

우리 가족 자랑을 하려고 합니다. 우리 남편은 저하고 동갑내기입니다. 그래서 나는 행복하게 살아왔습니다. 그리고 그다음에는 우리 아이들을 소개하려고 합니다.

우리 제일 큰 딸 이야기를 하자면 나이가 서른다섯 살이 되었고 그 다음에는 둘째 아들입니다. 그리고 그 다음에는 셋째 딸입니다.

첫째와 둘째는 2006년에 결혼시켰습니다. 한 해에 둘을 보내려니 조금은 힘들었습니다. 한 해에 둘을 결혼시키니 힘들었지만 며느리도 보고 사위도 보니 마음이 뿌듯했습니다.

나의 생활

김복수

저는 이남 이녀를 두었습니다. 큰 딸과 손녀는 미국으로 이민 가서 살고 있습니다. 큰 아들은 손녀 둘, 손자 하나 두었습니다. 막내딸도 손녀 둘 손자 하나 두었습니다. 작은 아들도 딸 둘 두었습니다.

저는 영감님하고 둘이 살고 있습니다. 큰 며느리 착하고 제사 때도 빠지지 않고, 작은 며느리도 똑같이 잘 합니다. 저는 자식들을 잘 두었습니다. 자식들이 여행도 보내주고 용돈도 주고 합니다.

저는 경원대학교에 가서 공부하는 게 제일 행복합니다. 친구도 많이 사귀고 선생님께서 글을 가르쳐주셔서 이 글을 쓰고 있습니다. 글 한자도 못 써서 답답하게 살았습니다.

우리 가족을 소개합니다

남낙순

우리 가정은 정말 행복하다고 생각합니다. 왜냐하면 부부간에 건강하고 서로 화목하고 자녀들도 건강하고 사업도 잘 되고 손자들도 공부 잘하고 형제들도 의리 있게 잘 지내고 있으니 그것으로 더 바랄 것이 없다고 생각합니다.

행복이란 내 마음을 비우고 행복을 더 얻으려면 욕심 없이 살아가며 마음으로 나마 잘잘못을 떠나 형제간에 마음가짐이지 마음먹기에 따라서 기분이 살이고 죽이지요. 좀 마음을 비우고 살면 가정도 편하고 내 마음도 편해지지요. 가정적으로 부족한 것을 억지로 채우려고 하지 말고 모든 사람들을 볼 때 내가 같지 않은 것을 같고 또 그들은 내가 가진 것을 못 가졌지요.

욕심은 마음을 비우면 마음도 가정도 편해질 것입니다. 나는 가정에 대해서 불평불만이 없습니다. 행복한 가정.

사랑하는 우리 가족

차성호

차성호 고향은 충남 당진군 당진면에서 살았답니다. 부모님 품안에서 성장하여 어느덧 의젓한 처녀가 되어 혼삿길이 열려 한 가정의 아내이자 어머니가 되었답니다. 차성호 나이 삼십 전에 상업하는 남편 따라서 서울시 용산구 청파동 동네로 이사를 왔습니다. 서울로 올라와서도 남편이 하시는 상업은 날로 발전하여 나가는데 어나날 남편이 지금 성남으로 들어가야 한다고 앞으로 인구도 증가하고 시장도 많이 생긴다는 말씀을 하며 상업하는 분이여서 선경진명을 내다보고 성남에 와서 20평 분양지도 몇 개 사놓고 있다가 80년도에는 성남을 오르내리면서 상업 장소도 하나 마련해 놓고 가족 일부가 이사를 왔습니다.

차성호 슬하에는 2녀 2남을 두고 아버지가 상업하시는 분이라 어려움 없이 4남매를 서울 장안에서 내놓으라는 명문대 교육을 시켜 어디 내놓아도 부끄럼 없이 키웠다고 키웠습니다. 4남매가 부모님 말씀 잘 따라주어서 자식에 대해서는 과히 걱정 해보지 않았습니다. 4남매를 결혼까지 다 시켜 떠나보내고 지금은 두 부부가 비둘기처럼 둘이서 성남에서 산답니다. 믿음직한 큰 사위는 삼성회사에서 근무 중이며 얌전하고 살림 잘하는 우리 집 큰 딸은 대전에서 시 어른들 모시고 2남 1녀를 키우며 편안하게 아무 탈 없이 살아가기에 걱정 없습니다.

작은 사위는 인천공항 인사과에 근무하고 현재 작은 딸은 서울 신촌에서 남매를 데리고 핵가족 식으로 외국여행을 다니면서 멋지게 살아가는 작은 딸입니다. 전주 이 씨 가문의 장남 우리 아들은 자랑스럽습니다. 현재 미국 뉴욕에 있는 병원 내과 박사로 근무 중입니다. 부모의 마음은 항상 수만리 타국 땅에 보내놓고 꿈만 꾸어도 걱정이 되는데 텔레비전 방송이 좋지 않은 미국말만 나오면 아들 있는 곳이 아닌가 하고 가슴이 덜컹하고 미국에 전화를 걸어 통화하고 난 뒤에야 마음을 놓곤 합니다. 남편과 차성호는 미국에 가 보았더니 아들이 며느리와 손자 손녀 네 식구가 불만 없이 알콩달콩 재미있게 살아가는 것을 보니 부모가 이제 마음 놓고 걱정을 하지 않아도 되겠구나 생각됩니다. 아들과 며느리는 "저희 걱정은 조금도 하지 마시고 아버님 어머님 건강관리나 잘 하세요"하고 말했습니다. 또 하나 기쁜 것은 미국에서 아들, 며느리, 손자, 손녀가 할아버지 할머니한테 안부로 E-메일을 보낼 때 얼마나 반갑고 기쁜 지 그 마음을 아는 사람이나 알 것입니다. 차성호는 손자, 손녀 다해서 아홉 명 두었답니다. 차성호는 여섯 명의 손자 손녀들한테서 E-메일 올 때가 참으로 기쁘고 즐겁고 재미있답니다.

　손자 손녀가 "오늘도 할머니 경원대학교 집현전반에 다녀오셨겠지요? 할머니 건강하시고 하시는 공부 열심히 하셔요, 할머니 존경합니다. 할머니 파이팅!" 이렇게 E-메일을 보낼 때 훌륭하신 교수님들한테 배웠기에 차성호가 부족하지만 E-메일 답장도 해준답니다. 그럴 때 마다 얼마나 즐거운지 모른답니다. 우리집 작은 아들은 연세대학교를 다닐 때 하루는 밤늦도록 집에 들어오지 않아서 부모 된 입장으로 밤을 지새우고 있는데 새벽 2시경에 들어와서 "승준아, 너 지금 어디에서 오는거야."하고 아버지가 물어보자, "우리학교에서 데모하다가 이한열이라는 학생 한 명이 죽어서 친구들하고 전라도 광주에 갔다가 지금 오는 길입니다."라고 하여 그 소리를 듣는 순간 자식 기르는 부모 입장이라면 누구나 하늘이 캄캄할 일이었습니다. 우리 아들들 대학교 다닐 때 어느 대학에서 데모만 한다고 하면 가슴이 두근거리고 마음을 놓을 수가 없었답니다. 그

때 그 아들이 무사히 졸업하고 지금은 결혼해서 가정도 갖고 슬하에 아들 형제를 두고 의젓한 사회인으로 지금은 종근당 약 조제실에 근무하고 있답니다.

우리 집 작은 며느리로 말한다면 총명하고 지혜로워서 집안 대소사를 잘 처리하고 어른들을 공경하고 살림이나 남편 내조에서 자식들 뒷바라지 까지 훌륭히 해내고 있으며 만나는 사람마다 편안하게 해주고 이 씨 집안에서 최고가는 팔방미인 며느리랍니다.

작은 며느리로 말할 것 같으면 명문대를 나와 영등포 경찰서 경무과에 8년을 근무하던 아가씨를 여름 휴가철에 강릉 경포대에 가서 친구가 우리 아들에게 소개를 시켜주어서 1년을 사귀어보고 나서 하루는 "어머니 저 여자친구가 있습니다."하여 차성호는 깜짝 놀라서 아버지 듣는데 혹시라도 그런 말 하지 말라고 아들을 설득시킨 것이 1년이라는 세월이 흘렀답니다. 4남매 중 그 아이 하나만 연애를 하여 항상 안 된다고 타일렀습니다. 다만 자식 이기는 부모 없다고 나중에는 결국 허락해 주었습니다. 지금 생각하면 작은 며느리를 허락 한 것이 잘했다고 생각됩니다. 차성호가 2003년도에 경원대학교 집현전 반에 갈 때에도 작은 며느리가 같이 가서 수업하는 교실까지 모시고 가서 수업하는 것을 이모저모를 상담하여 주었습니다.

무더운 날씨에 교수님들 건강에 유의하시길 바랍니다. 이만 펜을 줄이겠습니다.

자식 자랑은 팔불출

최영자

옛날부터 자식 자랑은 팔불출이라고 했는데 자식 자랑을 하라고 하니 사람이 다 자기 자식은 다 잘났고 잘 하는 것만 같습니다. 아들 둘 딸 둘, 사남매를 기르며 힘들 때도 많았고 어려운 때도 많았습니다. 하지만 사남매 대학공부를 다 가르칠 때 어려운 일도 많았지만 사남매 짝을 지어 다 보내고 나니 지금에 와서는 어떻게 지나갔는지 모르겠습니다. 자식이 짝을 만나 잘 살게 되면 그것으로 만족하다 하고 생각했습니다. 그러나 그것도 아닌 것 같습니다. 사는데 가서 보면 이것저것 다 도와주고 싶습니다. 그것이 부모의 마음인 것 같습니다. 남은 인생은 서글펐으나 한글 공부에 재미가 붙어서 참 행복한 것 같습니다.

작은 아들과 작은 며느리가 경원대학교에서 한 날 졸업을 해서 학교를 와 보니 이런 학교를 다녔으며 싶었습니다. 그런데 제가 경원대학에 들어와 공부를 하니 너무 고맙습니다.

어느 날 이야기

조순애

세월이 빨라 어느새 여름이 오고 날씨도 아주 엄청 더워요. 우리 영감님 생일 날 오면서 옥수수를 많이 가지고 왔습니다. 그리고 엄마 더워서 집에 서 뭐를 하지 말아요. 남한산성으로 갔다 오리 한 마리가 비싸다 값이 사만원이라 한다. 나는 놀랬다. 사위가 돈을 많이 썼습니다. 손자가 잘한다. 봄에는 와서 할머니 할아버지 용돈하세요 하면서 삼만 원씩 줘서 나는 마음이 찡했다. 나이도 어린데 제 용돈을 줘서 고마웠지요.

비둘기의 보금자리

김재숙

나는 내 마음속에 있는 행복감을 표현하고 싶다. 요즈음 보기 드문 삶을 살고 있는 것 같아서이다. 누가 "왜?"라고 묻는다면, 한 집에서 여덟 식구가 살고 있는데도 어느 한 가지도 불편함이 없다는 사실! 정말 이것이 행복인가 봐.

큰 아들 결혼한지도 벌써 오년 작은 아들도 어느새 일 년이 되었네. 그동안 손자 손녀도 보고 그리고 내가 자랑하고 싶은 것은 우리 며느리 둘 동서간 사이가 참으로 좋다는 것을 느낀다.

나는 이남일녀를 키웠는데, 지금 생각하면 좀 부족한 것 같다. 그런데 삼 남매는 누구보다도 우애가 좋다는 것을 나는 자랑하고 싶다.

우리 손녀, 화이팅

김경숙

저는 외국에 유학중인 손녀가 있습니다. 아주 공부를 잘해서 국제 수능 시험을 만점 받고 영국으로 대학을 가게 되었습니다. 영국에서는 가고 싶은 대학 6개를 지원해서 6개 대학 모두 합격을 하였습니다. 그중에는 옥스퍼드 대학과 런던 대학 그리고 임페리얼 대학 등이 있습니다. 제 손녀는 화학을 전공하고 싶어 해서 화학으로는 영국에서 제 1순위인 임페리얼 대학으로 입학 결정을 했습니다. 공부뿐만 아니라 부지런하고 마음 씀씀이도 넓어서 외국에서도 늘 할머니 생각을 많이 해주는 제 손녀를 저는 늘 자랑스럽게 생각합니다. 손녀의 이름은 홍수현입니다.

건강, 그리고 사랑

주명순

　친정 오빠가 예쁘고 살결도 깨끗하고 부드러웠는데 몸이 아프니까 고왔던 모습은 사라지고 거칠게 보인다. 오빠는 이상한 병을 갖고 고생을 하고 있다. 엉덩이뼈가 부서지는 병이라 쉽게 수술을 할 수도 없다고 의사가 말을 했다. 식구들은 의사의 말을 듣고 다들 놀랐다. 없이 살수록 몸 관리를 잘 해야 하는데 살기가 힘드니까 몸 관리를 안 해서 큰 걱정이 생겼다. 두 달 만에 겨우 인공뼈를 넣고 고관절 수술을 했는데 관리를 못해서 뼈가 빠져서 새로 끼우기는 했지만 전보다 더 잘 해야 한다고 의사 선생님이 말씀하셨다. 어떻게 해야 할까 가족들이 말을 했다. 집안에 환자가 있으니까 웃음이 없어졌다. 모든 점에서는 건강이 최고라는 것을 깨달았다. 나도 열심히 학교도 잘 다니고 운동도 더 잘 해야겠다. 자식들에게 걱정은 주지 않아야 한다.

아들 이야기

오춘애

저는 딸만 셋 낳고 셋째 딸이 다섯 살까지 동생을 보지 않았습니다. 시부모님, 남편은 아들을 기다렸습니다. 그런데 마침 아이를 갖게 되었습니다. 옛날 어른들이 자식은 이십 때 낳아야 머리가 좋다고 합니다. 그래서 마음속으로 걱정했습니다. 왜 그러냐면 제가 아니가 서른 세살 때였습니다. 딸들은 이십 살 때 낳아서 공부를 잘 하고 장학급도 받으면서 학교를 다녔습니다. 아들은 공부를 못 할까봐 은근히 걱정이 되었습니다. 그래도 저는 훌륭하게 길러내겠다고 마음을 먹었습니다.

아들을 다섯 살 때 유치원을 보냈는데 초등학교 때부터 공부를 잘 했습니다. 그런데 고등학교 2학년 때부터 성적이 떨어지기 시작하면서 가족들이 무척 걱정을 했고, 저는 절에 가서 공양을 드렸습니다. 아들은 3학년이 되어서 한양대학교에 시험을 보았지만 떨어지고 경원대학교 전자과에 들어갔습니다. 4학년이 되어 졸업을 하고 군대에 갔다 와 회사를 다녔습니다.

동창모임에 한 달에 한 번씩 나갔는데 어느 날 동창모임에 나가서 사업하는 이야기를 듣고는 집에 와서 아들도 사업을 하겠다고 돈을 빌려달라고 했습니다. 저는 속상해서 괜히 낳았다고 후회도 잠깐 했지만, 결국 은행에 대출을 받아 돈을 주었습니다.

아들은 컴퓨터 가게를 하기 시작하였습니다. 그리고 사업이 잘 되서 은행에 돈도 갚고 지금은 가족끼리 국내외 여행도 다닙니다. 백화점도 같이 가서 예쁜 옷도 사주고, 용돈도 많이 줍니다. 한때는 잠깐 아들을 낳은 것에 대해 후회해 본적 있지만, 지금은 아들을 낳은 것을 후회하지 않습니다.

우리 집 식구

이대순

우리 집 식구는 남편, 나, 딸 그리고 아들 내외와 손자손녀해서 모두 일곱 식구가 있습니다. 얼마 전까지만 해도 아들네는 우리와 앞, 뒷동으로 살았는데, 아들네는 4년 전부터 외국에 가서 살기를 원했습니다. 그러다 올 봄 아버지의 반대에도 불구하고 아들네 식구가 떠났습니다. 아침이면 손자손녀가 '학교 다녀오겠습니다.'하며 항상 우리 집에 와서 인사를 했습니다. 처음에는 떠난 것이 실감 나질 않아서 아침이면 손자손녀들이 인사 올 것만 같아서 기다리곤 했습니다. 아들네가 사업이 잘 돼서 갔건만, 왜 그리 마음이 허전한지….

아들네는 떠났고, 딸은 집이 서울이고 회사일도 바쁘고 해서 자주 오질 못해 우리 내외는 외롭고 허전해서 서울 집을 팔아 같이 퇴직한 친구들이 밭을 하며 모여 사는 경기도 광명시 쌍령동으로 이사를 와서 살고 있습니다. 저는 학교 가지 않는 날에는 밭에 가서 채소 크는 모양을 보며 키우는 채소랑 이야기도 하고, 풀도 매면서 시간을 보내고 있습니다.

아무리 꽃이 예쁜들 손자손녀와 같이 예쁘겠습니까? 처음에는 잔화도 일주일에 두 번씩 하더니, 요즘에는 일주일에 한 번 하는가 합니다. 물론 손자손녀는 '할아버지, 할머니 보고 싶어요. 우리 내년 여름 방학 때 갈게요.'하고 겨울에는 밭일도 없으니 아들네 집에 와서 같이 지내자고 합니다. 그러나 내 마음이 간단히 허락치를 않습니다. 아들네가 외국으로 떠날 때 공항에서 많이 울어서 손자소녀 마음을 많이 아프게 해서 또 그러고 싶지가 않아서 입니다.

아들은 회사 일로 두 달에 한 번씩 출장을 옵니다. 올적마다 사진이며 음성을 녹음한 테이프를 가지고 오곤 합니다. 손자손녀 아이들이 크는 모습과 음성을 들으면 더욱 보고 싶은 마음이 듭니다.

나와 남편의 이야기

정부선

남편이 병원에 입원했을 때 이야기를 써봅니다. 그때는 남편은 폐가 제 기능을 할 수 없는 병에 걸렸는데, 저는 그런 남편이 얼마 살지 못 할 거란 얘기를 들었습니다. 그래서 의사 선생님에게 장례식 준비를 하는 말까지 들었습니다. 그래서 저는 너무 놀랐고, 정말 그런 일이 벌어지리란 생각에 기가 막혔습니다. 남편이 병원에 들어가자마자 산소 호흡기를 끼고 말 한마디 못하는 모습을 보니 정말 땅이 꺼지는 심정이었습니다. 말 할 수 없는 허탈감과 하늘이 무너지듯 혼란스런 기분이 들었고 무척 혼란스러웠습니다.

남편이 그렇게 병원에 들어가고 나서 저는 제가 간호를 하겠다고 말했습니다. 그런데 병실에 들어가려고 하니, 들어가면 안 된다는 것이었습니다. 그때 저는 너무 당황했습니다. 중환자실에 들어가고 나가는 것은 수간호사의 권리라는데, 의사 선생님은 그럴 권리가 없다는 것이었습니다. 처음엔 그것을 모르고 의사 선생님 말만 듣고 병실에 들어갔을 때 수간호사는 화를 많이 냈습니다.

저는 수간호사한테 사정을 해서 중환자실에 들어갈 수 있게 되었습니다. 병실에 들어갈 수 있게 되고, 저는 하루에 다섯, 여섯 번을 병실로 오가면서 남편의 등만을 두들겼습니다. 수 만 번, 수 천 번을 남편의 등을 두들기고, 밤마다 궂은일들을 다 하면서 지냈습니다.

열심히 간호를 하고 있을 때 어느 날 의사 선생님이 들어오더니 남편을 보며 이 환자가 웬 일인가 했습니다. 그때가 70일 째 중환자실에 있을 때였습니다. 다시금 검사를 하게 되었고, 그때 남편의 폐가 완전히 제 기능을 할 수 있게 돌아왔다는 것을 알았습니다. 그때의 제 기쁜 마음을 누가 알겠습니까? 의사 선생님은 정말 할머니가 훌륭한 일을 하셨다며, 정말 최선을 다 하셨다고 했습니다. 간호사들에게 꽃다발을 받고 당신은 일반병실로 옮기게 되었습니다. 그 후에 의사선생님의 도움을 받고 80일 만에 퇴원을 할 수 있었습니다. 정말 기뻤습니다.

이런 글을 쓸 수 있게 된 것은 경원대학교 선생님들 덕분입니다. 선생님들이 열심히 가르쳐 주셨기에 이 글을 쓸 수 있게 되었습니다. 서투른 솜씨라 글을 알아보실 수 있으실까 걱정입니다. 이런 엉터리 글씨가 죄송합니다. 하지만, 선생님들 덕분에 글을 쓸 수 있게 됐습니다. 방학동안 건강히 계시길 바라며 다시 한 번 감사를 드립니다.

가족 그리고 나

이칠남

막상 글을 쓰려고 하니, 무슨 말을 써야 할지 모르겠다. 우리 가족은 성남시에서 33년간을 살다가 광주로 이사를 갔다. 광주로 이사를 간지도 벌써 3년이란 세월이 흘렀다. 우리 가족은 남편과 나, 딸 둘 그리고 아들 하나인 다섯 가족이다.

나는 배우지 못해서 애들만큼은 잘 배우게 해주고 싶었다. 그런데 내가 살아 온 방법이 후회스럽다. 아이들에게 물고기를 잡는 법을 가르쳐야 했는데, 물고기를 먹는 법만 가르쳤다. 그래선지 아이들 중에는 직장을 가진 아이가 아직 없다.

나는 내 가족을 행복하게 해주고 싶었다. 그저 뭐든 나 혼자 희생하면 되겠지하는 생각이 잘 못이었나 보다. 나는 아들, 딸 삼남매를 가르치기 위해 밤, 낮을 가리지 않고 일을 했다. 그러나 일은 제대로 풀리지 않았다. 맏딸은 아직 시집도 가지 못했다. 너희가 어디가 모자라 아직 시집도 못가냐는 말도 해 본 적이 있다. 사람은 꿈이 있어야 하는데 하면서 호랑이는 죽어 가죽을 남기고 사람은 죽어 이름을 남긴다는데 우리 가족은 죽어서 무엇을 남길 수 있을까 하고 생각했다. 마음은 돈도 많이 벌어서 불우한 이웃들도 돕고 싶은데, 이제는 늙어서 무슨 일을 하려했다가도 의욕을 잃고 만다.

나는 원래 수출을 하는 회사에 다녔다. 그런데 우리나라 인건비가 비싸다는 이유로 회사가 중국으로 다 옮겨가 버렸다. 그러다보니 일자리를 잃게 되었다. 나는 일을 해야 안정감을 느끼는데…. 그러나 차라리 잘 됐다는 생각도 들었다. 적게 먹고 적게 쓰기로 생각했다.

그러다가 학교에 다닐 생각이 들었다. 몇 달만 배워도 공부를 할 수 있을 거란 생각이 들었다. 그래서 집현전을 다니게 되었다. 집현전을 다니면서 글을 배웠다. 집현전 선생님들께 감사를 드린다. 집현전 선생님들이 아니면, 우리가 어떻게 글을 배울 수 있었을까? 정말 생각지도 못한 일이다.

제5부 살아오면서

할머니들이 살아온 이야기들을 담았습니다.

살아온 이야기

박동덕

저는 전라남도 진도군 임회면 동구리 첩첩 산골에서 태어나 그렇게 하고 싶은 공부를 하지 못하고 여덟 살 때부터 일만 했지요. 스물한 살에 결혼을 했습니다. 저에 대해서 살아온 이야기를 다 한다면 아마 책이 몇 권을 될 것 같습니다. 그런데 제가 아직 받침을 몰라 그저 몇 자만 써 볼까 합니다.

부모님 말씀대로 일을 열심히 했지요. 스물한 살이 되자 시집을 가라고 하면서, 시집을 가면 그 집에서 꼭 살아야 한다고 말씀하셨습니다. 저는 어린 나이에 꼭 그래야만 하는 줄 알았습니다.

시집을 와서 보니 신랑이 해수병이 있더군요. 그래서 돈을 벌지 못해 제가 먹고 살기 위해 장사를 했습니다. 사십 년을 이고 들고 다니면서 한 푼 두 푼 모아 땅을 사서 집을 지었습니다. 앉아서 장사를 하고 싶어도 무엇 하나 적을 줄을 몰라 사십년간 그저 이고 들고 다녔습니다. 그러다 보니 골병만 생겼습니다.

오십삼 평 집 한 채, 이제는 좀 편해지자 몸이 아파서 경원대 여러 선생님들께서 잘 가르쳐 주는데도 몸이 아파 상급반까지 하지를 못하고 오는 내 마음은 정말 말할 수 없습니다. 이제 간판에 써진 것은 읽을 수 있으니 욕심을 더 부리지 않겠습니다.

할 말은 많은데 너무 받침이 많이 틀렸을 것 같습니다. 쑥스럽고 부끄러워 이만 줄이겠습니다. 선생님들 정말 감사합니다.

내가 살아오며 겪은 일

안기순

살아오면서 많은 고생도 했지요. 그러나 이제라도 공부한다는 게 너무나도 행복합니다.

옛날에는 먹을 것이 없어 공부는 생각도 할 수가 없었습니다. 우선 먹는 게 큰 문제였고요, 이리 저리 피난 다니고 했죠. 충청남도 공주 무달아이 산골짝으로 다녔죠. 그래서 공부도 못했습니다. 고생을 많이 했습니다.

이제라도 공부 한다는 게 행복해요. 총장님을 비롯해서 많은 선생님 모두 고맙습니다. 무더위에도 열심히 해주셔서 많은 감사드립니다. 공부한다는 게 많이 힘들어도 열심히 하겠습니다. 선생님 고맙습니다. 많은 선생님께 감사의 말씀 드립니다.

나의 이력서

오춘애

저는 고향이 전라북도 전주시에서 살았습니다. 열일곱 살 시절에 대해서 글짓기를 씁니다. 저는 열한 살 때 6·25 전쟁을 겪었습니다. 그리고 나서 우리 집은 점점 가난해졌습니다. 아버지는 돌아가시고 어머니께서 직장을 다니셨습니다. 저는 동생을 보니 학교를 다니지 못했습니다. 그런데도 저희 집은 가난했습니다. 결혼한 언니가 서울에서 살아서 제가 열일곱 살 때 서울 영등포 옷감 짜는데 취직을 했습니다. 한 달에 삼 만 원을 받았습니다. 언니가 은행에다 적금을 든다고 하여서 주었습니다. 저는 삼년동안 한 푼어치도 쓰지 않고 적금을 부었습니다.

나이가 이십 살이 되니까 중매가 들어옵니다. 선을 보았습니다. 남자 쪽에서 맘에 든다고 하여서 저는 고향 부모님한테 전화를 드렸습니다. 어머니께서 허락을 하셨습니다. 언니한테 가서 결혼 이야기를 했습니다. 언니는 화를 내면서 결혼 일 년 있다가 가라며 그래서 제가 돈을 달라고 하니까 언니네 옆집 아줌마에게 돈을 이자로 주어서 기다리라고 합니다.

저는 신랑한테 가서 결혼 못한다고 말을 했습니다. 신랑이 내가 돈을 줄 테니 결혼 날을 받으라고 합니다. 음력 10월 27일, 신랑 집에서 구식 결혼을 했습니다. 여행도 못가고 집에서 하루 종일 안방에서 앉아 있는데 동네 사람들이 신부를 보겠다고 왔습니다. 복 있게 생겼다고 합니다. 그리고 시부모님께서 신랑이 돈 해준 것을 모릅니다. 그래도 저는 시부모님이 살림을 잘 한다고 칭찬을 해주시고 예뻐해 주셨습니다. 옛날에는 공부는 못했어도 살림만 잘 하고 또 얼굴이 둥실 둥실 생기면 훌륭한 남편한테 갈 수도 있고, 부잣집으로 갈 수가 있었습니다.

저희집은 자녀가 여자는 삼녀 남자는 일남 그렇게 두었습니다. 다 결혼시키고 지금은 영감님하고 네 살 되는 손녀딸하고 행복하게 삽니다.

내가 살아온 인생길

우호순

내가 살아온 인생길을 더듬어 살펴보기로 합니다. 육십년 전에는 살기가 어려워 못 배운 것이 사실입니다. 나이가 먹고 늙고 보니 후회가 많아서, 지난 세월을 후회도 많이 해봅니다. 지금에 와서 현재 글을 배우려고 불철주야 노력을 해도 머릿속에 기억이 잘 안됩니다. 그러나 배운다는 의욕이 생겨 학교에 가는 날 아침에는 즐거운 마음으로 항상 기분 좋게 준비물을 정돈하여 가방에 넣고 시간을 기다려 학교에 갑니다.

나의 인생

박순영

4남 3녀의 둘째 딸로 태어나 인자하신 부모님 밑에서 사랑 받으며 행복하게 자랐다. 21세에 부모님의 간청으로 면사무소 산업계장으로 재직하고 있던 남편과 결혼을 하게 되었다. 결혼을 하고 보니 남편이 계속 집에 오지 않았다. 처음에는 직장 일로 집에 늦게 들어오는 줄 알았고, 숙직을 한다고 해서 그런 줄 알았다. 그러던 중 소문으로 다른 곳에 가정이 있는 것과 내가 속아서 결혼했다는 것을 알게 되었다.

생활비도 주지 않고 매일 술을 마시며 포악하게 되었다. 감금도 당했으며 너무도 가슴에 한이 맺힌 시간이었다. 도망가지 못하고 붙잡혀 오고, 죽으려 해도 죽지 못하고 살다 보니 25년이란 긴 세월이 이어져 왔다. 아이들이 있으면 괜찮으려니 했지만 6남매를 두어도 변화는 없었다.

이런 도중에 아이들이라도 잘 키워야겠다는 생각으로 마음을 굳혔다. 남편은 면사무소 산업계장을 하다가 군청에서 민원실장으로 퇴직을 하게 되었다. 퇴직 후 3년이 지나니 아이들을 키우고 살 길이 없어 부산으로 가서 여관을 하게 되었다. 너무나 어려운 시련을 겪으면서 살며 아이들은 고등학교까지 보내고 둘째 딸은 부산에서 대학까지 졸업을 시켰다. 큰아들은 동국대, 둘째 아들은 총신대를 졸업하였다.

부산에서 여관을 하는 것이 너무 힘이 들고 더 이상 할 수 없어서 1987년 9월에 서울 퇴계로로 이사를 하여 정착하게 되었다.

이때부터 집을 새로 얻어 7~8명의 학생들을 데리고 하숙을 하게 되었다. 남편은 하숙생들이 신발을 바르게 벗어놓지 않는다고 소리를 지르면서 신발을 다 던져 버리자 하숙생이 모두 하루에 다 나가 버렸다. 그러자 저는 어떻게 살까 싶어 하늘이 무너지는 것 같았다. 너무 기가 막혀 마음을 달래며 무작정 걷다 보니 교회가 하나 있었다. 교회 십자가를 보고 무작정 교회에 들어가서 기도를 하기 시작했다. '하나님, 아이들과 어떻게 살까요?' 하며 울음으로 기도했다.

그런 후 집에 들어오자 학생 2명이 기다리며 밥을 달라고 했다. 다시 하숙을 할 수 있게 되었고 먹고 살 수 있게 되었다. 이런 시련을 겪는 중에 큰아들이 동국대학을, 둘째가 신학대학을, 셋째가 일리노이 주립 대학을 가게 되었다. 큰아들이 미국 생활을 하면서 손자를 좀 보살펴 달라는 부탁을 받고 하숙을 접고 미국으로 가게 되었다. 미국에서 손자를 보다가 손자, 손녀와 한국으로 돌아오게 되었다. 그 때 분당으로 이사를 오게 되었다.

손자를 키우다 한명이 더 와서 3명을 돌보게 되었다. 이렇게 17년이란 세월을 손자를 돌보다 보니까 너무나도 어려운 생활이 계속되었다. 나의 인생이란 하나도 없이 희생과 봉사로 생활이 이어져 갔다. 하지만 나의 공부 의욕을 사라지지 않았다. 우연히 지하철을 타고 가다 광고를 보고 2004년 12월 6일에 경원대학교를 찾게 되었다. 학교를 다니려고 했지만 남편이 허락을 해 주지 않아 못 다니다가 남편을 설득하여 허락을 받고 2005년 1월 6일부터 2006년까지 2년째 다니고 있는 중이다.

그 사이 교회도 나가게 되었다. 저는 항상 '꿈이여 다시 한 번 시련의 가시밭을 봄, 여름, 가을, 겨울 눈물로 다듬어서 언제나 내 가슴에 행복으로 피어나라' 이런 마음으로 항상 기도하는 생활이 남편까지 교회를 다니게 이끌었다.

저는 이런 고통스럽고 힘든 생활을 해도 손자 손녀들은 훌륭한 사람으로 잘 자라게 해 달라고 기도하며 항상 다독거리며 키워 나갔다. 다행히도 6남매의 아들딸들이 빗나가지 않고 잘 자라 주었고 손자, 손녀들도 지금까지 삐뚤어지지 않고 바르게 잘 자라고 있어서 항상 하나님께 기도 드리며 살아가고 있다.

저의 인생은 이렇게 헐벗은 가시밭길이어 행복은 없었지만 잘 자라고 있는 손자들과 이렇게 공부를 할 수 있다는 것을 생각하면 이것이 나의 행복이려니 하고 살아가는 것이다.

나의 인생은 이렇게 살아 왔지만 나의 밑거름으로 모두 행복하고 훌륭하게 사회에 꼭 필요하고 쓸모 있는 사람이 되라는 바람으로 나는 지금도 살아가고 있다.

저를 이렇게 가르쳐 주신 여러 선생님들께 항상 고맙고, 사랑합니다.

나의 어린 시절

전덕수

어릴 적부터 공부가 너무너무 하고 싶었지만 여자라서 못했었고 항상 눈을 뜨고 살아도 그 동안은 장님처럼 까막눈으로 살아가고 있었습니다. 학교에서 공부를 마치고 집으로 전철을 타고 오면 친구들 하고 하루 종일 있었던 것을 생각하면 재미가 있습니다.

다만 아쉬운 점이 있다면 매일 매일 학교 가지 못한다는 것입니다. 6월 21일부터 방학이었습니다. 7일 다 가고 방학도 없이 하고 싶습니다. 교수님 힘드시겠지만 학교 가는 것이 너무 즐겁습니다.

갑자기 어릴 적 우리 고향이 생각납니다. 경상남도 합천군 적중면 송림이라는 동네가 있었습니다. 같이 자라던 친한 친구가 9명이 있었는데 그 친구들이 한 명도 공부는 못하였습니다. 돌다리 밑에서 공기놀이나 하고, 때가 되면 자기 집으로 가서 밥을 먹고 또 만나 산에 가서 소나무 송정을 따서 껌을 만들고, 10세가 되어 사월 초파일에 절구경을 하러 함께 갔었던 적이 있었습니다. 산골이어서 고사리를 꺾어다 놓으면 우리 어머니께서 시장에 내다 팔기도 했었습니다. 우리가 자랄 때는 왜 그렇게도 흉년이 많았던지 고생을 많이 하고 자랐던 기억이 많습니다. 우리 동네는 청년들이 아이들을 모아놓고 공부를 가르치기도 했지만 우리 할머니가 완고하셔서 여자는 절대로 공부를 하면 안 된다고 숟가락 열 개만 셀 수 있고 자기 이름 쓸 줄만 알면 된다고 하였습니다. 공부는 남자만 하는 것이고 남자는 군대 가니까 편지를 써야 되기 때문에 공부를 하는 것이지 여자는 시집가서 시부모님 공경 잘하고 남편에게 잘하면 되고 길쌈 잘하고 베를 잘 찌고 음식 솜씨 있게 하면 된다고 하셨답니다.

　하지만 우리 친정어머니께서는 그래도 여자도 공부를 해서 편지 한 글자라도 쓸려면 해야 된다고 다른 생각을 하고 계셨던 것 같습니다. 어릴 때부터 영리하다고 칭찬을 듣고 자랐었고 언제라고 꼭 기회가 된다면 꼭 공부를 하라고 말씀하신 기억이 지금도 생생합니다. 지금 공부를 하고 있는 저의 모습을 하늘에 계신 저희 친정어머님이 보신다면 딸 장하다고 칭찬하실 것입니다. 그러면 저도 말씀드리고 싶습니다. 어머니 저도 칠십 평생 공부를 하고 편지를 쓰니까 꿈만 같습니다.

나의 어린 시절

김금자

지금으로부터 한 52년 전 일이다. 내가 생각하는 것은 어딘지는 몰라도 경상도라는 것은 확실하다. 그 당시 내 나이 6세 정도 되었다. 경상도 어느 마을이다. 거기서 아버지 어머니와 같이 살았다. 내가 알기로 그곳으로 피난을 왔다고 했다. 거기서 얼마를 살다보니 아버지가 돈 벌러 어디로 가셨다.

그리고 얼마 있다 어머니가 동생을 임신해서 배가 많이 불러왔다. 어머니는 아기를 나러 외갓집으로 가신다고 했다. 어느 날 캄캄한 밤이었다. 충남 탄천이라는 곳으로 고개를 넘어 어린 나를 데리고 배부른 몸으로 가셨다.

가서 얼마를 지나지 않아서 어머니는 어느 날 밤중에 동생을 낳으셨다. 그 동생이 지금 52세다. 그러던 어느 날 우리 세 식구는 외갓집에서 나와 돈 벌러 간 아버지를 찾아다녔다.

여기저기로 엄마는 동생을 업고 나는 엄마 손을 잡고 졸졸 쫓아다녔다. 어디로 얼마를 다니다 밤이 되면 어느 집 사랑방에서도 자기도 했다. 그러는 중 송탄 서정리역 근방으로까지 왔다. 거기서 아버지를 만났다. 그 당시는 가난한 집이 많았다. 그리하여 밥을 할 때도 서정리역으로 가서 그 철길 밑에 석탄을 주어다가 불을 피워서 밥을 하고는 했다.

아버지를 찾아다니다보니 세월이 몇 년이 지나서 학교에 다닐 수가 없었다. 그러다 보니 어머니가 어느 공민학교라는 데를 다니게 하셨다. 그 당시에는 그런 학교 다니는 애들이 많이 있었다. 조금 다니다가 서정리 국민학교를 들어가게 되었다. 또 조금 다니다가 이사를 서울로 가게 되었다. 그러다보니 공부를 못하게 되어버렸다.

이사를 서울 청계천 숭신동 학고방촌이라는 데로 왔다. 그 당시에는 청계천 복개공사가 되지 않을 때다. 그래서 그 학고방촌에 사는 집들은 화장실을 다 개천에다가 지어서 사용을 했다. 그 당시 내 나이 열일곱 살이었다. 평화시장 제품집에서 일을 하게 되었다. 그곳에서 몇 년을 일을 하다가 남편을 만나 결혼을 하였다.

나의 인생

김용순

23살 때 남편을 만나서 결혼식을 하였는데 신랑이 양복 한 벌 없어서 친구한테 빌려서 입고 결혼식을 하였다. 그런데 삼일 되던 날 친구가 그 양복을 찾아가서, 처갓집을 가려고 하니 양복이 없어서 군복을 입고 처갓집을 갔다. 나는 친구들 보기가 창피해서 얼굴을 들 수도 없었다. 그리고 보니 얼마나 슬펐는지 모른다.

시집을 구남매의 둘째 며느리로 가보니 또 동서네 식구가 다섯 명이었다. 그런데다가 없는 것은 많고 한 달이면 쌀 세 가마씩이나 먹으니 얼마나 고된 시집살이를 했는지 모른다오. 그런데다가 넷째 시동생은 미군부대의 일을 했는데 있는데 매일같이 미국사람 빨랫감을 가져와서 동서하고 매일 한강으로 가서 빨아서 손질까지 해주곤 하였다. 그리고 내가 임신을 해서 아기를 낳고 보니 딸아이를 낳는데 어찌나 밤낮으로 울어서 시동생들이 솜방망이로 입을 틀어막으라고 하는데 얼마나 가슴이 아팠는지 모른다.

시집에서 삼년 동안 살고 있는데 남편이 군에서 제대를 했다. 취직할 때가 없어 친정집에 가서 이야기를 했더니 우리 외갓집 자가용 기사로 취직을 해서 돈을 삼십 만원씩 벌어 한 푼도 쓰지 않고 모아서 집을 샀다. 일본식 집 반쪽자리를 샀다. 다로 살면서도 매일같이 아이들을 업고 안고 큰집으로 출퇴근을 하면서 큰동서 일을 도와주곤 하였다. 몸이 지칠 대로 지쳐서 있을 때면 남편이 조끔만 고생하라고 하였다. 그러다보니 2남 2녀를 낳아서 요즘에는 호강도 하고 행복하답니다.

나의 인생에 대해 씁니다

남낙순

오늘은 나에 대한 인생을 좀 쓰겠습니다. 태어난 지 육십 구년이 되도록 글을 쓸 수도 읽을 수도 몰랐다가 학교에 나와 훌륭한 선생님분들을 만나 공부를 하고 연필을 들고 상상도 못했던 글을 씁니다.

이 글은 나의 삶에 낙도 되지만 물론 힘도 되지요. 그런데 말이 제대로 안 되네요. 글을 못 써 부끄럽지만 그래도 전해드려야겠지요. 자꾸 쓰고 읽으면 좀 나지겠지요. 나아진다는 기분으로 열심히 써 보겠습니다. 인생이란 힘도 있고 기쁨도 있어야 가정에서나 사회적으로 모든 일이 잘될 것 같습니다. 그래서 인생이란 살아가는데 쉬운 일이 아니지요. 남에게 피해와 상처를 주어서도 안 되지요. 순간적으로 상대에게 상처를 주면 그 상처를 받는 사람보다 준 상대가 더 괴로울 것입니다. 그래서 인생살이란 거저 사는 것이 아니라 배워야 한다는 것을 깨달았습니다. 글을 쓰다 보니 내말만 썼네요. 장마 비로 상처를 받고 계신 분들에게 힘이 되는 글을 쓰고 싶었지만 글 몇 자로 도움이 되겠습니까. 요즘 너무 더워 그들을 더 힘들게 하네요.

세월은 유수와 같아 어느덧 찌는 듯한 삼복더위도 물러가고 들판에는 오곡이 무루 익어 가는 가을이 왔습니다. 시골에는 수해를 입어 집도 읽고 논밭도 전부 유실된 불쌍한 사람들이 많이 생겼는데 도와주는 심정 괴롭기만 합니다. 괴롭다는 말은 누구나 할 수 있는 말이겠지요. 말만 하지 말고 불쌍한 이를 돕는 일을 실천해야 되겠지요.

한 달이면 세 네 번씩 이것저것 사 가지고 아이들을 만나러 갑니다. 가서 아이들과 함께 앉아 내 손으로 직접 나누어 줄때 아이들은 나더러 엄마라고 하였지요. 그러다보니 정도 들고 사랑하는 마음에 아이들을 좀 데리고 나가면 안 되냐고 원장 선생님께 말씀 드렸더니 허락하셨습니다.

아이들을 데리고 나와 중국집을 가서 자장면을 한 그릇씩 시켜놓고 아이들과 함께 먹을 때 기분은 정말 나의 기쁜 추억이기도 하지요. 연필을 들고 상상도 못했던 이 글을 쓰는 게 꿈은 아니겠지요. 이 아둔한 머리에 글자를 가르쳐 주시는 선생님 모두에게 고맙다라는 말밖에 더 할 말이 없습니다. 존경하는 선생님 모두 건강하십시오.

나의 어렸을 때

한미애

나는 어렸을 때의 이야기를 조금 쓰려고 합니다. 내가 학교에 입학할 때에 6 · 25가 났습니다. 학교가 불에 다 타고 교실이 없어서 공부를 못 했습니다. 그리고 그 당시에 집도 다 타 버려서 어디 가서 공부할 곳이 없었습니다. 그래서 사람들은 피난가고 사람이 없는 것을 보고 총을 쏘고 불을 지르고 해서 동네가 다 없어져 버렸답니다. 그 당시에는 사람들은 마구 죽이고 사람들이 입을 비워두거나 문을 닫는 것을 보면 그냥 두지 않았습니다. 그 당시에 우리 할아버지가 반장을 보셨습니다. 그래서 우리 집에 와서 돼지면 돼지 닭이면 닭을 마구 잡아갔답니다.

나의 삶

김귀순

　스물두 살에 결혼해서 큰아들을 낳아, 어려웠지만 귀여워하면서 키웠다. 작은 아들은 몸이 약하게 태어났지만 정성을 다해서 그런지 착하고 성실하게 자랐다. 어렸을 때도 형이나 여동생하고 싸운 적이 한 번도 없었다.

　딸을 낳고 막내아들을 낳았다. 막내아들도 형들처럼 착하게 자랐다. 경제적으로 어렵고 힘들어도 아이들이 착해서 큰 소리 한 번 치지 않았다. 큰아들과 작은아들은 결혼해서 아들 손자가 한 명씩 있다. 막내아들이 결혼을 못해서 걱정이지만 아파트도 사놓았고 착실하게 직장도 잘 다녀서, 결혼만 하면 되겠다. 막내아들 손자 낳은 것 보고 큰아들 작은아들 손자 결혼하는 것 보고 죽어야겠다.

　요즈음은 살기 편해져서 내 몸을 아끼고 건강을 지켜 즐겁고 행복한 노후를 보내야겠다.

힘들었던 젊은 시절

이대순

6·25 때 부모님을 잃고 오빠와 두 동생 사남매가 살고 있어서 공부는 할 수가 없었어요. 어려운 살림을 하며 공장도 다니고 남의 일도 하며 세월은 흘러 스무 살이 되어 누구 소개로 제약회사에 다니게 되었습니다. 몇 년 제약회사 다니면서 모은 돈으로 기술을 배우겠다고 하니 이웃 어른이 학원 보내준다고 돈을 맡기라고 하여 어리석은 마음에 돈을 주고 말았습니다. 그러나 학원은 고사하고 돈조차 주지 않아 시련에 빠져 있을 때 다 잊어버리고 시집이나 가라고 하여 지금의 남편과 결혼을 하였으나 어려운 살림과 시어머님 구박에 시집살이는 말로 표현 할 수 없었어요. 이렇게는 살 수 없다. 살지 말까? 죽어버릴까 그런 세월 4년 만에 아들을 낳게 되었지요. 아들을 낳고부터 살림도 나아지고 남편도 좋은 직장에 취직이 되고 아들도 건강하게 자라고 하며 희망을 갖고 어려움도 참고 살면서 8년 만에 딸을 낳고 아이들 장성하고 공부 잘하는 모습에 희망 갖고 살게 되었지요. 그러다보니 나는 없었어요. 그러던 중 김백순 씨를 만나게 되었지요. 이야기 중에 공부 할 수 있는 곳이 있다고 하여 이곳 경원대학에 오게 되었습니다. 늦게나마 공부할 수 있어 너무 기쁩니다. 선생님들께서 열심히 가르쳐주셔서 진심으로 감사드립니다.

공부 못한 설움

서춘자

나의 인생. 다시 한 번 되돌아보자.

우리 아버지 어머님께서 사업상 일본으로 가시게 되었나 봐요. 일본에서 우리 오남매를 낳으셨습니다. 8·15 해방 때 한국으로 나오셨데요. 얼마 안 있다가 6·25 전쟁이 났습니다. 그때 내 나이가 여덟 살이 되었습니다. 그때 우리 가족은 피란을 갔습니다. 전쟁이 끝이 나고 다시 고향으로 왔습니다. 고향에 오니까 많은 사람들이 죽었습니다. 오빠하고 언니들은 학교에 갔습니다.

나는 셋째 딸로 태어났습니다. 그때 어머니한테 학교를 보내달라고 했습니다. 어머니께서는 안 된다고 하셨습니다. 내 밑으로 동생이 세 명이나 더 있었습니다. 남동생 두 명 여동생 한 명 우리 형제가 모두 칠형제지요. 그중에서 제가 셋째 딸로 잘못 태어났습니다. 어머니께서 너는 동생을 봐야 한다고 했습니다. 그때 나는 삼 일을 울었습니다. 그래도 어머니께서는 반대하셨습니다. 나는 지금도 그때 어머님 말씀이 너무나 상처가 큽니다. 자식을 낳으면 다 자식이 아니지요. 그 자식이 어떤 길을 가야 하는지를 알아야 합니다. 부모에 잘못으로 한 여자가 어떻게 살았는지 아셔야 합니다. 이 딸한테 무식자라는 이름표를 내 가슴 속 깊이 달아 주시고 가셨습니다.

아버지 어머님께 죄송합니다. 받침이 잘 안 됩니다. 다음에 더 많이 배워서 잘 쓰겠습니다.

살아오면서 가장 행복했던 일

박창숙

나는 딸 넷 아들 하나 그리고 우리 두 부부 일곱 식구였다. 그리고 올 망졸망 그리고 나는 내가 배우지 못한 것이 한이 되어 내 딸과 아들을 많이 가르치고 싶어서 나는 열심히 살았다고 했지만 마음대로 되지 않았 다. 그럴 때마다 아이들 오남매가 공부도 잘하고 일도 잘 도와주고 했지 만 제가 열심히 살아 온 것은 오로지 자식들은 나처럼 살지 않고 잘 키 워서 훌륭한 학교도 보내고 싶었습니다. 그런데 엄마가 배운 게 모자라 서 제대로 가르치지 못했습니다. 그렇지만 딸 넷이 고등학교를 나왔지요 딸 넷 다 좋은 회사에 다니지요 그리고 하나밖에 없는 아들도 회사에 다 니지요 그런데 고등학교만 보내서 항상 가슴이 아픕니다. 그래도 항상 엄마 아빠 말 잘 듣고 자라서 고맙습니다.

할 말은 많은데 배운 게 모자라서 많이 쓰지 못했습니다.

어린 날의 기억

위삼례

오십년 전에 있었던 이야기를 써보겠습니다. 나는 외가에 자주 갔는데 난리가 나서 피란을 가게 되었습니다. 외가에는 식구가 많이 있습니다. 외할머니, 삼촌, 외숙모 그리고 동생들도 많았습니다. 그때가 가을이었습니다. 외숙모님께서는 농사를 잘 지어 참깨를 많이 수확하셔서 난리 통에도 참깨를 버리고 가시기가 아까웠는지 사십 km/h로 정도 머리에 이고 가셨습니다. 그런데 산을 오르는 길이 많이 힘들었습니다. 주변 사람들께서는 사람이 살아야지 그걸 가지고 오르느라고 하셨습니다. 외삼촌께서는 누런 황소 한 마리를 끌고 오셨습니다. 그리고 많은 사람들께서는 큰 소리를 낼 수도 없고 서로서로 속삭이는 말을 하면서 산길을 오르고 있었는데 우리 외삼촌에 딸 세 살 백이는 늙으신 할머니께서 업어 주어야만 조용하였고 우리 외삼촌께서는 효부상까지 받으신 양반이 늙으신 어머니께서 아이를 업으시는 괴로웠는지 아이 하나 때문에 여러 사람이 곤란하게 되면 어떻게 하느냐고 없애고 가야지 하셨습니다. 지금도 생각하면 사람이 어쩔 수 없는 일도 있는 법인가 봅니다.

빨리 가는 세월

오기심

내 나이 스물하나 나는 삶에 대한 설계와 꿈으로 가득 차 있었다. 결혼자하자마 거제도 구조라는 섬에서 살게 됐다. 혼자 일 년을.

시아버지 시어머니는 계모였다. 그 섬에서 일 년을 울고 살다 신랑을 따라 부산으로 살림을 나왔다. 부산에 와 사십오 년을 살았다. 아들 둘 딸 하나 낳아 시집 장가 다 보내고 우리 둘이 남아 살다가 2005년 5월 30일 남편은 천당에 가시고 내 나이 육십 일곱 혼자나마 살고 있다.

참 세월이 빨리 간다. 이 좋은 세월 다시 한 번 살고 싶다. 지나온 날들을 돌이켜 볼 때 내가 어떻게 살아왔나 싶다.

인생, 그 풍성의 계절

정부선

저는 태어난 지 67년이 되었습니다. 세월은 어느 새 많은 날들이 흘렀습니다. 저는 이제 백발의 할머니가 되었습니다. 제가 살아온 세월이 유수와도 갔습니다.

인생은 여행이라고 했는데 나의 청춘은 모두 갔습니다. 어느새 여름이 다 가고 가을이 다가오고 있습니다. 오곡은 알알이 익어가고 하늘을 파랗고 높은 가을하늘 말이 살찌는 계절 우리는 열심히 공부를 해도 잘 되지 않습니다.

공부는 때가 있지요. 나이 먹고 늙으면 안 되나 봐요. 저는 삼남매의 부모로서 열심히 교육을 시켰습니다. 제가 배우지 못해 자식들에게 더 많은 교육을 바라는 것 같습니다. 잘 쓰지 못하여 죄송합니다. 이만 줄이겠습니다.

내 주위 삶과 나

차성호

차성호는 결혼한 후 첫 딸을 낳아서 기쁘기도 하고 서운하기도 하였습니다. 친정어머님은 오셔서 첫 딸은 살림 밑천이라 하셨고, 시댁 어르신들은 섭섭하신 기색이셨습니다. 남자 여자 할 것 없이 똑같은 인생인데 왜 옛날에는 남자를 중요시 여기고, 황제처럼 대우를 하셨을까요?

어느덧 벌써 첫 딸아이는 세 돌이 지났고, 또 여자 아우를 봤답니다. 시어머님이 첫째 딸 때도 서운해 하셨는데 둘째 아이마저 여자아이여서 차성호는 어른들 볼 면목이 없었답니다. 옛날에는 그 가문에 아들을 낳아야 대를 이어간다고 다들 그렇게 생각을 하고 내려왔던 전통이었습니다.

둘째 딸 뒤에 다행이도 남자 아이를 보았답니다. 차성호는 아들을 낳고 보니 세상을 다 얻은 기분으로 들떠 있었습니다. 하늘을 날을 듯한 그 기분은 아무도 몰라요. 차성호가 살아오면서 가장 인상 깊었던 일입니다. 그 아들이 성장해서 멀리 타국 땅으로 공부하러 갔다가 4~5년 만에 박사과정을 마치고 한국으로 귀국할 때 집안 친척, 이웃 친지들이 반겨 맞아줄 때 차성호가 살아오면서 또 한 번 가장 인상 깊었던 일입니다.

옛날 70~80년도에도 전화 있는 집들이 그리 많지 않았는데도 대한민국에서 최초로 휴대폰이 나왔을 때 동생이 휴대폰을 사가지고 와서 누나는 사업하시니까 휴대폰 가지고 다니며 사용하라고 설명도 해주고, 사용하는 방법도 가르쳐 주었을 때 너무나 기뻤답니다. 1985년 그 때, 돈

2,500,000만 원 짜리 사줄 때 형제간이지만 너무 큰 선물이어서 감동을 받았답니다.

차성호가 살아오면서 뜻 깊고 가장 인상 깊었던 세 가지 일을 생각만 하면 요즘도 기뻐서 밤에 잠을 못 이룬 답니다.

요즈음 같이 무더운 날씨에 교수님들 건강하시길 바랍니다. 이만 펜을 놓겠습니다.

암흑 속의 태양을 만나며

최영자

내 고향 경상도 두매 산골에서 나는 오남매의 막내딸로 태어났습니다. 일곱 살 때에 해방이 되었고 그 후 오년이 지나 육이오 사변이 나고 사일구가 나고 오일육이 났습니다. 저는 전쟁 속을 살았던 것 같습니다. 배움의 길도 잊고 자랐습니다. 그 후 결혼하여 한 남자의 아내가 되었고 아들 딸 사남매를 낳아 키우다 대학공부까지 시켰지만 나는 배우지 못하여 항상 한스러웠습니다. 그러던 중 경원대학교 사회봉사단에서 한글 무상 교육 프로그램이 있다 하여 2003년도 8월에 신청하였습니다. 이곳에서 아들 같은 성생님들이 너무도 고맙게 가르쳐주셔서 많이 배우고 글도 쓰게 되었습니다. 이제는 글을 읽을 수 있고 쓸 수 있어서 좋습니다. 선생님 감사합니다.

나의 이야기

이성남

저는 부모님과 1남 5녀인 우리 육남매와 함께 어느 시골에서 자랐는데, 그 시절은 너무 어려워 딸들은 공부를 못 시키고 남동생만 교육을 시켰습니다. 그래도 우리 육남매는 서로 아끼고 사랑하며 의리 있게 잘 살았습니다.

언니들이 결혼하고 어느덧 제 나이 이십이 되는 해에 남편을 만나 결혼을 했는데, 시집가서 보니 우리 남편이 팔남매 중 장남이었습니다. 저는 언니들 보호만 받고 자라 아무 것도 모른 체 결혼을 해서 시어머니 시집살이가 이만저만이 아니었습니다. 시집에 식구가 많아서 말로 다 표현 못하게 고생이 많았습니다. 그래도 저는 꼭 참으며 십년간 어린 시동생 칠남매를 거두며 열심히 살았습니다.

남편은 산골에 살면서 제대로 공부하지 못했는데, 내 자식만은 교육을 제대로 시키겠다고 우리 아들 딸 삼남매 데리고 서울로 가고 싶다고 어머니께 말씀을 드렸었습니다. 어머님은 깜짝 놀라시며 장남이 집을 나가면 절대 안 된다고 말씀하시며 너희들이 서울로 가면 나는 차비도 주지 않으시겠다고, 다음에 재산도 주지 않으시겠다고, 내 자식으로 인정하지 않겠다고 말씀하셨습니다. 그래도 우리는 자식들을 데리고 무작정 서울로 상경해서 보증금 없는 월 오천 원 하는 뚝방에 자리를 잡았습니다.

우리 내외는 되는 대로 열심히 일을 하며 살며 자식 교육에 신경을 썼습니다. 딸아이가 머리가 좋은지 공부를 초등학교 때부터 잘 했습니다.

그리고 갈수록 성적이 우수해서 중·고등학교에서 1등을 놓치지 않더니, 졸업을 할 때는 수석으로 졸업을 했습니다. 우리는 딸 덕분에 고생은 생각도 않고 아이들을 대학공부까지 열심히 시키고 집도 마련했습니다.

그런데 그런 저에게 큰 불행이 왔었습니다. 사고로 큰 아들을 하늘나라에 보냈던 것입니다. 저는 너무나 절망적이었습니다. 사랑하는 내 아들…. 아들에게 무엇 하나 제대로 해주지도 못하고 하늘나라에 보낸 것이 한스러웠습니다. 하지만 독한 게 사람이어서 자식을 가슴에 묻고 아무런 일도 아닌 것처럼 살아가고 있습니다. 이런 자신이 때론 이상한 것도 같지만, 지금은 사랑하는 아들을 가슴에 묻고 아들과 딸 그리고 손자 손녀와 함께 잘 살고 있습니다.

가족을 만난 기쁨

최춘란

나는 육이오 때 일곱 살이었는데 오남매 중 다섯째였다. 피난 중에 우리는 각각 다른 집에서 살게 되었다. 그러나 나는 전쟁고아가 되었다. 그리하여 공부도 못하고 혼자 떨어져서 살게 되었다.

결혼하여 오남매를 낳았다. 내 나이 41세 때 방송국에서 이산가족을 찾았다. 지금은 딸 아들, 다 짝을 만나서 손자 손녀가 열 명이 되었고 또 11월이면 친손자가 태어날 것이다.

내 나이 63세 공부를 하는데 정말 한심하다. 배웠나 싶으면 또 까먹곤 한다. 이렇게 공부할 수 있다는 사실이 정말 감사하다.

또 다른 세상의 빛

박동덕

저는 전라남도 진도군 임회면 동구리에서 태어나 지금나이 69세인 박동덕입니다.

내가 어렸을 적에는 공부를 하고 싶어도 여자가 글을 알면 큰 일이 날 것처럼 해서 글을 배우지 못했습니다. 하지만 경원대학교 사회봉사단 집현전에서 나처럼 공부를 하지 못한 사람들을 가르쳐주신다고 하기에 그렇게 고마운 곳이 있을까 하고 달려가 보니 정말이었습니다. 교수님과 여러 선생님들께서 잘 가르쳐주셔서 이제는 한글로 써 있는 간판은 모두 읽을 수 있게 되었습니다. 어두운 곳에서 밝은 빛을 보듯이 또 다른 세상에서 사는 것 같습니다.

경원대 선생님들 정말 고맙습니다. 앞으로도 나에게 남아있는 힘이 다 할 때까지 열심히 배우고 싶습니다.

살아온 일들

안기순

살아오면서 많이 힘들었지요. 하지만 행복도 했습니다.

저는 23살 때 시집을 왔답니다. 그 때부터 시어머님, 남편과 시누이 두 분을 모시고 살아왔지요. 그리고 사남매를 낳습니다. 아들, 딸 학교에 갈 때는 너무나도 행복하더군요.

시누이가 결혼하고 나니 내 아들과 내 딸도 결혼을 하게 되더군요. 이제는 더 이상 할 일이 없는가 했는데 경원대학교에서 한글 무상 교육을 한다고 했습니다. 그래서 2005년 3월에 학교에 갔습니다. 그 때부터 총장님을 비롯한 많은 선생님 모두에게 감사의 말씀을 드립니다. 저는 학교에 가는 날이면 너무나도 행복합니다. 선생님 감사합니다. 무엇으로 보답을 해야 하겠습니까?

봉사하는 마음

남낙순

잡을 수도 없는 세월은 먹기 싫은 나이를 허무하게도 먹게 하고, 어느 덧 무더위도 가고 시원한 바람이 불어옵니다. 잡을 수도 없는 세월이 너무 빨리 지나가 나이를 먹다보니 지난 일들이 생각나네요.

지난 시절에 집집마다 다니며 헌 옷을 얻어다 봉고 차에 싣고 열두 명이 고아원에 올라가서 내려놓으면, 원장 선생님이 옛날 발미싱을 주시며 미싱 할 사람 나오라고 하면, 내가 나가 옷을 골라 떨어진 옷을 기워주고 지퍼도 달아주고, 길면 줄여주고, 짧으면 늘여주고 했지요. 남은 친구들은 빨래를 했지요. 친구 하나가 빨래를 하다가 바지에 응가를 했다며 못 빨겠다고 내 미싱 뒤에 앉았다가 원장 선생님께 눈물이 나도록 꾸중을 들었지요. 남을 위해 도운다라는 게 쉬운 일이 아니지요. 그러나 그 일을 끝마치고 차를 타고 보니 발등은 퉁퉁 부어서 신발이 안 들어갔지요. 그런데도 나는 짜증은커녕 돈이 아닌 육체로도 도울 수 있다는 생각에 그저 기쁘기만 했습니다. 선생님 글을 쓸 줄 몰라 받침이 잘 안된 것 같습니다. 그래도 이만한 것도 선생님들 덕분이지요.

지난 일들을 생각하면 모든 게 부족하여 배움도 포기했을 당시를 생각했습니다. 하겠다는 마음으로 연필을 들고 글씨 한자 한자 써보니 잘 써지지 않았지만 지우고 쓰고 또 쓰고 하다 보니, 지난 일들이 후회되며 얼마 남지 않은 인생살이를 사회와 가정에 꼭 필요한 사람으로 살아가면 좋겠습니다.

가정에서나 혹은 사회에 나가 보면 모르는 게 너무 많아 답답합니다. 선생님도 가르쳐 주시느라고 힘들지요. 선생님들이 가르쳐주시는 글 한 자 한다가 나에게 너무 소중합니다. 글자를 배우는 것을 삶의 낙으로 생각하고 살아가겠습니다.

그런데 연필을 들기 전에는 내가 꼭 필요한 말만 쓰려고 했는데 그게 잘 안되네요. 훌륭한 선생님들 만나서 고맙습니다.

한국사의 아픔의 현장

최영자

지금으로부터 56년 전 6·25전쟁 이야기가 생각나서 이 이야기를 씁니다. 그 때 제가 살던 곳은 경상북도 상주군 옥산면, 그리고 지금 변해 상주시가 되었습니다. 하지만 우리는 그냥 옥산면입니다. 서울에서 전쟁이 났다는 소문을 들었는데, 라디오도 텔레비전도 없는 시절이기 때문에 소식도 들을 수가 없고, 큰 집에 가니 큰오빠가 그 때의 이장을 보고 있는데, 오빠 말이 집에 가서 엄마하고 콩하고 말 하고 한 되를 볶아서 강묵천으로 자루를 만들어서 자루에 먹으로 이문대라고 쓰라고 했습니다. 써서 그 자루에 콩과 말을 담아두라고 했습니다. 온 동네 사람들이 한 포대씩을 모아서 군인들한테 식량으로 보낸다고 하고 있었는데, 나는 나이가 12살이어서 철이 없어서 오빠보고 나도 한 자루 달라고 했더니, 군인들 양식이어서 못준다고 했어요. 그 다음 날로 피난짐을 싸서 선산이 오십 리, 김천이 오십 리, 상주가 사십 리, 낙동강도 사십 리, 제가 그 사이에서 살았습니다. 그리고 피난을 떠났습니다.

그런데 낙동강을 건너야 부산을 간다고 모두들 피난민하고 같이 휩쓸려 갔는데 밤낮 사흘을 가도 도착하지 못했습니다. 사흘 반나절이나 가서 도착했는데 배가 없어서 하룻밤을 자고 내일 아침이면 배가 와서 건넌다고 했는데 낙동강 백사장에 사람이 수만 명이 모여서 갈 수가 없었어요. 그런데 건너편에 군인이 와서 배를 부셨습니다. 그리고는 얼마 후에 어디선가 비행기 여러 대가 날아와서 그 많은 사람들한테 폭탄을 던져서 사람이 죽고 강물에 떠내려가고 강물은 피에 물들었습니다. 그러자 사람들은 무조건 강물을 건넜습니다. 그 사이에 우리 엄마, 아버지, 동생, 오빠, 언니, 내가 강을 건넜고 곧 해가 지고 말았어요. 군인들이 빨리 가야지 살 수 있다고 십리를 가서 그때쯤이 겨우 옷 입고 챙길 수 있었습니다. 그 날 밤은 자고 날이 밝아 아침 일찍 밥을 먹고 피난을 갔습니다. 사람이 너무 많아 빨리 갈 수 없어서 하루 십리에 가서 자고 이 십리 가서도 자고 그런 생활이 반복되었습니다. 그리고 전쟁에서 이겨서 피난민에게 집에 돌아가라고 했습니다. 그렇게 매일 같이 사흘 동안 올라가고 사흘 동안 내려가는 생활이 반복되었습니다. 그리고 왔다 갔다 하는 사이에 산짐승이 사람하고 같이 피난을 가기 때문에 밤에 잠이 들면 아이들을 자꾸 물어갔습니다. 군인들이 어른들은 잠을 자지 말고 아이들을 지키라고 했습니다.

마지막 도착지는 경상북도 청도면이었습니다. 청도면에 도착해서 자리를 잡고 살게 되었습니다. 산골짜기가 너무 깊어서 햇빛이 잘 비치지 않았습니다. 피난민들은 너무 많고 먹을 것은 너무 없어서 배급을 주는데, 일주일에 한 번씩 납작 보리쌀을 주면서 일주일 분이라고 하는데, 너무나 조금 주어서 그걸로 겨우 살았습니다. 그리고는 거기서 한 달 동안 살게 되었습니다. 그 동안 너무나 배가 고파서 오빠, 언니, 동생, 나 4명이 산으로 올라갔습니다(그 산은 대구 팔공산입니다). 속껍질을 깎아 먹기 위해 산에 올라갔습니다. 하루는 산을 얼마나 깊이 들어갔는지 절 하나가 있었는데 군인 아저씨들이 잔뜩 있었습니다. 군인 아저씨들이 우리보고 빨갱이라며 잡아가더니 이것저것 물었습니다. 우리 오빠가 우리는 피난 온 사람이라고 했는데 군인들이 어디에서 왔냐고 해서 상주에서 왔다고 했습니다. 빨리 엄마, 아버지께 돌아가라고 보내주었습니다. 그 뒤로는 산에 가기 무서워서 더 이상 가지 않았습니다.

며칠이 지났습니다. 전쟁이 끝났다고 집으로 돌아가라고 했는데 사람들을 모아놓고 기름종이에 식구 이름들을 다 쓰게 하고, 만약 검문하면 그것을 보여주라고, 그러면 갈 수 있다고 했습니다. 그래서 그대로 하고, 대구로 와서 이모네 집에 가서 이틀을 자고 왔습니다. 그리고 이모네 집에서 떠났습니다. 대구 시내를 벗어났습니다. 걸어서 오고 있는데 군인 트럭 3대가 우리 앞에 와서 어디를 가냐고 물었습니다. 상주까지 간다고 했습니다. 그랬더니 군인들 말이 우리는 왜관까지 간다고 했습니다. 왜관까지 태워준다고 타라고 했습니다. 왜관에 도착했는데 아저씨들 말이 우리는 여기까지 밖에 안 온다고 내리라고 했습니다. 그 차는 군인들이 전쟁하고 남은 총알과 무기를 실으러 왔다고 했습니다. 군인들은 3명이고 민간인 여러 명이 총알과 무기를 모아 놓았습니다. 거기는 전투를 얼마나 심하게 했는지 산이 다 벗겨졌습니다. 거기서 우리 보고 이제부터 상주까지 걸어가라고 했습니다. 거기서부터 걸어가는데 남은 총알하고 대포 껍질이 너무 많았습니다. 그래서 그곳을 지나가기가 너무 무서웠습니다. 그런데 바람 소리가 나서 가보니 총을 꽂고 철모를 걸어 놓았습니다. 그 밑에는 군인들 시체가 있었습니다. 그런데 오는 길에 트럭을 만나서 학교까지 태워 주었습니다. 학교에서 하룻밤을 자고 아침에 나가보니 그 트럭이 고무배를 싣고 있었습니다. 아저씨한테 어떻게 강을 건너냐고 물으니, 물이 있는 곳에서 건너라고 해서 가니 구멍이 뚫린 철판이 놓여서 거기로 가니 상주 읍내 가면이 얼어서 뒷길로 갔습니다. 그리고 도착했습니다.

그 해 12월 초에 앞내에 군인 부대가 들어왔습니다. 군인들이 집집마다 두 명씩 들어갔는데, 우리 집에 들어온 두 명은, 우리나라 사람인 줄 알았는데 필리핀 사람이었습니다. 그 사람들은 나팔 소리가 들리면 냇가로 가서 밥을 가지고 왔습니다. 그 밥이 꽁꽁 얼어서 먹을 수가 없었습니다. 그 군인들한테 따끈따끈한 우리 밥을 주었습니다. 한 군인은 나이가 30살 쯤 되어 보이고 한 사람은 22살 이라고 했습니다. 엄마가 보고 싫다고 가끔은 우리 엄마 보고 울기도 했습니다. 30살 쯤 먹은 군인이 자기 동생이 9살인데 자기 아들 같다고 전쟁이 끝나면 자기 고향에 갈 때 내 동생을 데리고 간다고 매일 안아주고, 그 사람은 아버지보고는 빠빠상이라고 하고 엄마 보고는 맘마상이라고 불렀습니다. 내 동생하고 나한테는 고도모라고 불렀습니다. 그래서 정이 들었는데 하루 자고 나서 나팔을 부니 모두 달려 나갔습니다. 갔다 오더니 전쟁하러 간다고 짐을 쌌습니다. 그 길로 간 뒤 지금까지도 군인들이 보고 싶고 인상이 깊었습니다. 필리핀 군인들하고 이십일 동안 같이 살았는데 얼마나 정이 들었는지 지금도 잊히지가 않습니다. 지금도 그 군인을 한 번 더 보고 싶습니다.

지금쯤 살았는지 죽었는지 모르겠습니다.

제6부 그 밖의 이야기

할머니들의 고향 이야기, 일상의 이야기,
그리고 하고 싶은 다양한 이야기들을 실었습니다.

갈매기가 반겨주는 나의 고향

차성호

나의 고향은 언제라도 반겨주는 따뜻한 인심이 있고 누구나 찾아오면 반겨주는 넓은 바다와 갈매기가 나르는 풍경을 한 바다 마을 입니다. 바위는 웅장하고 나는 갈매기에 쉼터가 되는 곳에 소나무가 우거진 산으로 둘러 싸여 있는 곳이라 바다위로 꽃게잡이배가 떠다니며 낭만을 노래하듯 어머니의 품과 같은 따스함을 선사합니다. 마음에 그림으로 담아두는 세월이 45년이었건만 이제 글로 풀어 표현할 수 있는 이런 기화가 닿아서 머릿속에서만 가두어 두었던 상념과 회환을 모두 말할 수 있으니 이 또한 글을 배우는 기쁨인 것 같습니다. 사람이 만물의 영장인 것은 지식을 문자로 남겨 후대에 전하는 지혜를 갖는 영특함을 갖기 때문입니다. 조상이 만든 글을 잘 사용하여 일상생활에 쓸 수 있는 것이 이런 만족을 주고 넓은 지식의 물결로 더욱 풍성하고 내 것으로 소화해내는 깊이감이 있습니다. 글을 배우고 지식을 나누는 일이 낯설다고 늙어가는 신체의 성장과 인생 대소사마다 느끼는 향연들에 버금가는 인생의 성장이라 생각됩니다.

전화위복의 인생

남낙순

지루했던 무더위도 지나가고 시원한 바람이 불어오는 가을이 찾아와 들에는 오곡이 무르익는 황금물결의 아름다운 풍경이 펼쳐지고 시골에는 그동안 피땀 흘려 가꾼 오곡을 거두어 드리는 바쁜 계절이 찾아왔습니다.

그런데 장맛비로 우리나라 국민들은 수해로 엄청난 손해를 본 시골에서 피땀 흘려 지은 농사와 집도 다 잃고 불쌍한 그들을 누가 보상할까요. 마음만 아플 뿐 입니다. 인생살이란 좋은 일도 많지만 또 안 좋은 일도 있지요. 돈 많다고 행복은 다가 아니지요. 물론 돈도 있어야 하겠지만 사람마다 성격 나름이지요.

좀 안 좋은 마음을 비우고 육체적으로나 정신적으로나 건강하면 행복이라고 생각합니다. 장애자가 정신도 장애는 아니지요. 일반인들과 생각은 똑같다고 생각합니다. 선생님들께 항상 고맙습니다.

친구들과의 여행

김용순

2006년 7월 28일 금요일 비가 많이 왔다. 기분이 좋은 날이다. 친구들이랑 오후에 피서를 떠나기로 하였다. 학교만 다니고 있어서 심심하였는데 참 좋은 기회였다. 수영을 마치고 12시쯤 우린 출발하였다. 나까지 포함하여 모두 5명이 피서를 떠났다. 친구끼리라서 오순도순 즐겁게 떠날 수 있었다. 날짜는 2박 3일 도착한 곳은 친구네 용인별장에서 여장을 풀었다. 그리고 거기에서 고스톱을 치면서 부침개도 해 먹고 씀바귀도 뜯어 와서 삶아 먹었다. 감자도 삶아먹었는데 여행을 떠나서 해 먹으니 전보다 더욱 맛있었다.

어두운 밤이 되어 풀벌레 소리에 잠자리에서 난 생각하였다. 이런 기회가 또 있으면 다시 오면 참 좋을 거라고. 친구들과의 여행은 참 재미있다.

그리운 나의 고향

서춘자

내 고향은 정선 공동면 화합리 앞산에는 진달래 뒷산에는 개나리꽃이 너무 아름답습니다. 산에는 새 우는 소리 밤에는 부엉이 우는 소리 산속에서 흐르는 맑은 물에서 친구들과 함께 가재를 잡으며 길가에서 딸기도 따먹으며 재미있게 앉아서 놀던 그 시절이 그립다. 가을에는 단풍잎이 한잎 두잎 떨어지는 오솔길에 친구 손잡고 걸어가며 속삭이던 그 추억을 잊을 수 없다. 사랑하는 내 친구들아 너무 보고 싶다. 집현전 선생님들께 고맙습니다. 공부가 너무 재미있습니다. 선생님 죄송합니다. 받침이 많이 틀릴 겁니다.

나의 사랑스러운 밭에 물을 주다

이칠남

나는 성남에서 35년을 살다가 공기 좋은 광주로 이사를 했다. 성남에 살면서 아픈 곳이 많았다. 지방간 당뇨, 뇌경색을 앓았는데 광주 이사 가서 산에도 다니고 텃밭도 가꾸면서 병이 다 나았다. 광주에는 아파트 주변에 자투리땅이 많이 있다. 아파트 주민들은 너나 나나 할 것 없이 텃밭을 이루어 감자도 심고 옥수수도 심고 고추도 심고 모든 야채를 심어 먹고 산다. 그러니 천연보약이다. 나는 밭을 가꾸면서 생각한다. 모든 게 거저 주어지는 게 아니라는 것을 알았다. 시간과 정성을 쏟아야 한다. 비가 안 오면 밭이 매마를 까봐 노심초사하고 반대로 홍수가 나면 비에 감자와 상추, 토마토, 옥수수가 떠내려 갈 까봐 잠을 못 이루었다. 날이 새자마자 달려가 내 사랑스러운 감자와 옥수수가 잘 있는지 눈으로 확인해야 안심이 된다. 그런데 지난여름에 태풍 때문에 옥수수가 다 쓰러져서 군데군데 나무를 세워 쓰러지지 않게 묶어주었다. 조금이나마 농부의 심정을 알 수 있었다. 나는 요즘도 밭에 물을 준다. 사랑과 정성을 담아서 내 배추밭을 가꾼다. 나는 하나님께 기도한다. 모든 농부들이 기다리는 비를 주심사하고 말이다.

밭에 콩이 누렇게 익어가는 것을 본다. 배추도 열무도 파릇파릇 자란다. 배추와 열무가 자라는 것을 보면 내 마음은 저절로 즐거워진다.

여러 가지 이야기

전덕수

글을 쓰다 보니 이것만으로도 나는 행복하다. 요즘처럼 어렵고 너무 덥고 나는 여름을 많이 탑니다. 그래도 어수선한 세상일지라도 철따라 피고 지는 꽃이 다르고 바람 냄새가 달라진 이유만으로 행복을 느낀다. 계절의 변화에 민감한 저는 때때로 계절병을 앓기도 하지만, 내가 이 땅을 많이 사랑한다. 저는 특히 여름을 싫어한다.

저는 특히 초가을 초봄 이런 계절이 좋다. 저는 계절병을 앓기 쉬운 여름 환절기로 몸과 마음이 약해져서 여름 감기는 개도 안 걸리는데 거기다 잔병치레를 하곤 하지만 묘한 묘림의 빛깔이 있는 계절의 아련한 스침을 나는 무엇보다 좋아한다. 초가을의 싸한 내 마음과 낙엽이 물들 무렵, 몸부림치는 듯한 떨림을 감지할 때마다 온 몸에 전율을 느낀다. 없는 듯, 있는 듯 사랑스런 계절을 맞이할 때면 내 의식은 나도 모르게 시골 들녘으로 달려 영글어 간다. 저는 홀로 계신 우리 어머님의, 어머님이 보고 싶어 저가 왔소. 홀로 산을 지키고 계신 어머님은 제가 왔소. 동생들도 함께 우리 세자매가 왔소. 오면 온 줄 아나 가면 간 줄 알겠소. 추석을 앞두고 미리 성묘를 다녀온 어머니의 산소에는 가을 잔디가 엷어지고 있었다. 몇 차례나 지나간 태풍에도 안전하게 버팀목이 되어 준 잔디는 이제 저만의 가을바람을 만들어내고 있다. 산에 복숭아나무를 베어내고 심어 놓은 호박들은 엉덩이를 드러내고 누렇게 누워 가을 햇볕을 즐기고 있다. 고춧잎도 아직은 초록초록 더 많이 간직한 채 주렁주렁 매달고 있는 모습이 정겹기만 하다. 사람들이 가꾸어 놓은 가을을 마냥 즐길 수만은 없어 할머니 저도 풀 좀 뽑아내면서 초가을의 향연을 마음껏 심호흡해 본다. 이렇게 살아서 숨쉴 수 있고 자연을, 계절을 느낄 수 있음에 감동한다. 이처럼 가을 추수의 기대감에 부풀어 있는 우리 농부들의 행복한 모습 역시 초가을이 참 좋다. 이것이 가을이 전해 주는 기쁨이다. 채소를 막 따서 씻어 올린 채소들로 우리 오촌 숙모님이 저녁상을 차렸다. 저녁식사를 다하고 숙모의 손가락 마디마디에 실을 꽁꽁 묶는다. 가을 노을이 한 움큼씩 묻어난다. 나는 그 노을을 바라보다가 내 모습을 뒤돌아보았습니다. 어느 날 우리 어머니의 모습이 생각난다. 낮에는 밭에 가서 하루 종일 풀을 뜯고, 저녁엔 밥을 짓고, 맛있게 저녁을 잡수시고 편안한 잠자리에 들었다.

어머니가 쉬시는 밤 동안 가을은 더 깊이 익어갈 것이다. 매일매일 일할 수 있는 일터가 있어 행복하다는 것들이 지금도 생생하다. 우리 어머님이 너무너무 보고 싶어 하늘에 계신 우리 어머님이 제가 공부를 해서 편지를 쓰고 글을 짓기도 합니다. 하늘에 계신 우리 어머님이시여, 너는 기회가 닿거들랑 꼭 글을 배워 편지를 쓰고, 하고 싶었던 공부를, 한을 풀고 살아가거라, 그리고 저는 바람이 만들어 내는 초록 파도를 타며 노인의 삶을 살고 있습니다. 외로움과 어려움을 피하지 않고 즐기듯 다스려 가며 고비고비 어머니 혼자만의 계절을 맞고 있었습니다. 봄이면 씨앗 뿌리고, 여름에 땀 흘리며 가꾸어 놓은 어머니의 논과 밭은 어떤 황금에 비할 바가 아니다. 이번 추석에는 제가 동생들 데리고 꼭 추석을 지내고 가겠습니다. 이번 추석에는 꼭 부산동생하고 성남동생하고 함께 가야겠다고 한다. 그래서 나의 일을 마음 놓고 챙겨도 될 것 같다. 삶은 생각하기에 따라 얼마나 큰 기쁨인가 세상이 아무리 어수선 해도 자연이 베풀어 주는 잔치는 변함이 없으니, 그 속에서 다시금 일어설 수 있는 힘을 얻고 꿈을 향해 나아갈 수 있어 새롭다. 행복은 그렇게 우리의 삶

속에 함께 하는 것이다. 이 행복 속에 거침없이 뛰어들어 하늘의 축복 속에 오래오래 머물고 싶다.

청정한 날씨 속에 새하얀 목련꽃이 한창이다. 올해는 윤7월이 들어서인지 시기적으로 기온이 약간씩 차이가 있다. 아직 혈기 왕성한 우리 사람들은 해풍을 맞고 돋아난 양지편에 쑥이 쑥 차감으로 제일이라며 강화까지 쑥 뜯으러 가는 길목에서 수다들을 떨고 있다. 자녀들 분가시키고 운동으로 소일거리를 삼는 언니 왈, 큰 길가에서 한 블록이나 떨어진 밭뚝길에서 돌나물을 뜯었다. 집에 가져와 물에 씻으니 만지면 손바닥이 끈적끈적 했다. 이상하다 싶어 비누칠해 손을 씻고 나물을 만지면서 다시 보니 끈적거리는 그 이물질은 다름 아닌 자동차 매연이 날아와 나물에 앉은 것이었다. 그러니 아무거나 아무데서 뜯을 수 없어 청정지역의 해풍 쑥을 선호하며 나설 수밖에 없었다면 한마디를 건넸다. 쑥이고 돋나물이고 아무나 뜯나요.

그리고 여자 셋이 모이면 접시가 깨진다더니 옛날 어머니들이 말씀을 했지, 장난치다 그래도 엎어져 잠이 들었다. 아침에 일어나 서로 쳐다보며 낄낄 웃고 말았습니다. 참 재미있습니다. 봄나물 뜯고 아직도 이팔청춘이요. 저는 항상 또 가을을 좋아합니다. 봄이 오면 또 친구들과 쑥을 캐고 칼끝으로.

오늘은 글을 많이 쓰고 교수님께서 글을 좀 많이 쓰고 학교에서 있었던 것도 써보세요. 그 날 전철을 타고 친구들은 각자 자기 집으로 가고, 저도 수영을 하고 우리 집에 도착하고 문을 열고 방문을 열고 들어서서 어디 뚝뚝 소리가 나는 것이 전화기에서 난리가 아니었다. 수화기에서 물이 줄줄 쏟아지고 있었다. 창문 옆에 물이 더러웠다. 둘째 아들이 집에 왔다. 이리 저리 고쳐놓고 갔다. 그리고 저는 경기도 광주에 '숯굴 찜질방'에 갔습니다. 비는 쏟아지고 사람들이 많이 오고 있었습니다. 주인이 반갑게 맞이하고 안으로 들어오십시오, 하고 찜질옷을 주고 찜질방을 숯굴로 들어갔습니다. 사람들이 숯굴에 꽉 차 있습니다. 그리고 앉아 땀을 빼고 있는데 사람들이 여기저기 많은 사람들이 왔습니다. 우리 친구들이 김밥 또 미역국 과일 김치 등 이것, 저것 많이 가져왔습니다. 맛있게 먹고 참 웃고 난리가 아니었습니다. 손뼉치고 하하하 웃고 오늘은 초면인요 다음에는 구면이요 하고 깔깔 대고 참 재미있었습니다.

오늘은 방학이 좋다. 저는 친구가 많아 놀자는 친구가 너무 많은 친구들이 우리 집에 매일 찾아옵니다. 글을 좀 쓰고 있으면 전화로 불러내고, 재미는 있는데 글을 못 써서 큰일이 났네, 학교 갈 날은 금방이고, 숙제는 다 못했는데, 밤에 공부를 하면 덥기는 왜 그렇게 더운지, 남편은 에어컨 바람을 싫어해서 선풍기만 틀어놓아 덥고 남편은 낮에는 놀고 밤에는 공부를 하는데 하고 잔소리를 합니다. 수영하는 친구들이 우리가 살면 얼마나 산다고, 먹고 쓰고 일찍이 일어나서 숙제를 부지런히 열심히 글을 쓰고 있는데 친구가 전화가 와서 오늘을 어디로 갈까? 빨리빨리 하면 우리가 살면 몇 백 년을 살고, 남은 인생 먹고 놀아 보자. 노래 교실 친구들은 내가 학교 가는 것도 모르지요. 수영하고 컴퓨터 나가는 것만 알고 있습니다. 저는 항상 공부가 우선이지 누구도 나를 못 말렸습니다. 틈틈이 공부가 내 인생에 전부인데, 친구도 좋고 놀기도 좋은 일이지만 나는 공부가 제일 좋다. 먹고 놀은 것은 한 번 두 번 놀고 나면 후회가 된다. 공부를 죽기 살기로 해도 모자라는 판국에 어제는 노래 교실 친구들과 하루 종일 놀고 나니 후회가 됩니다. 숙제도 해야 하고, 글짓기도 해야 한다. 재미는 있었는데, 공부가 밀렸습니다. 저는 고스톱을 한 판씩 합니다. 친구는 화투를 참 좋아합니다. 저는 옛날에 남편이 사랑방에 앉아 날이 새고 밤에 화투를 치고 하루 이틀 오지 않고, 시아버지가 혼내고, 난리라도 만나면 내가 고자질해서 아버지한테 혼나고, 더 가서 또 치고, 하루 밤새 소 한 마리 잃고, 또 논 한 마지기 잃어버리고, 집에 와서 소를 몰고 갔습니다. 하도 어이가 없어 밤에 앉아 울고 있었는데, 시아버지가 왜 울고 있나 하고 물어보고 해서 소를 몰고 갔어요. 시아버지가 당장 주막집으로 달려갔습니다. 남편을 끌고 왔다. 시아버지가 지가 작대기로 다리를 부러뜨려서 당장 일어나지도 못했다.

나는 숯굴을 아주 좋아합니다. 땀을 빼고 이야기나 하고 놀지 화투를 치면 아무리 좋은 친구도 서로 돈을 잃고 따고 하면 소리가 난리입니다. 찜질방에서는 절대 반대입니다. 오늘 하루 금방가고 저 산에 해가 진다. 그리고 친구들이 또 이차로 하고, 나는 그 때 전화가 왔다. 우리 집에서 빨리 오라고. 또 전화가 또 우리 손자가 열쇠가 없어 빨리 할머니 빨리 오세요. 나는 집으로 달려왔다. 공부를 좀 하기로 마음을 먹고 열심히 하고 있는데 오늘은 누가 불러도 전화도 받지 않고 눈을 꼭 감고 글만 쓰고 저 해가 지도록 글을 열심히 할 것입니다. 그리고 하루가 금방 지나가고 해가 졌습니다. 여섯시가 되는데 칠성 찜질방에서 친구가 저녁 다섯 시부터 선물을 준다고 빨리 오라고 전화가 왔습니다. 나는 집에 손님이 왔다. 그래서 못 간다 하고 또 전화가 자주 오고 있다. 나는 숙제를 하고 있는데 가을이 오면 생각나는 것들 호박이 누렇게 담을 타고 올라가서 애호박으로 주목같이 생긴 모양, 작은 호박은 반들반들 하고, 가을은 포근함과 싱숭생숭한 계절, 해마다 찾아오는 가을이지만, 저는 유난히 가슴을 풍요롭게 한다. 시골 밭에 가니 콩이 아주 주렁주렁 많이 달려있습니다. 또 수수밭에 가니 수수가 고개를 숙이고 있습니다. 남한산성 기슭의 친구 밭에서 풋고추를 좀 따서 된장찌개 해서 먹으라고 해서 얻어가지고 왔습니다.

7월 한 달 동안 있었던 일

이대순

7월 초에 집 앞 개울가에 발을 담그러 내려가다가 그만 잘못해서 미끄러져 개울가 작은 바위 있는 곳에 주저앉아 다쳐서 허리가 심하게 아팠어요. 밤에 너무 아파서 꼼짝도 못하고 누워만 있게 되었습니다. 남편은 원래 집안일을 모르고 잘 도와주지 않았는데 내가 아프니까 청소도 해주고 빨래도 해주고 밥은 못하니까 김밥, 초밥, 먹고 싶어 하는 것 사다 주고 했습니다. 자식들에게는 걱정할 것 같아서 아프다고 연락하지 않았습니다.

아파 보니까 그러나 나이 들어 옆에 남편이 있어 의지가 되고 도와주고 하는 것이 너무 고마웠고 자식들은 먼 곳에 살고 바쁘니까 옆에 있어 주지 못하지만 남편은 항상 옆에 있어서 다행이란 생각이 들었습니다.

남편 생일이 7월 세 번째 일요일이었습니다. 아들 식구들은 멀리 있어서 오지 못하고 대신 전화가 왔었고, 인천에 사는 나의 여동생과 조카, 그리고 우리 딸이 생일 전날 저녁 때 왔어요. 한 번은 자식들이 아버지 생일을 잊은 적이 있어요. 그럴 때는 선물을 못 받아서보다 생일을 잊어버린 것이 너무 서운하고 속상했었지요. 올해는 생일을 기억하고 딸이 사가지고 온 생일 케이크에 불도 켜고 생일 축하 노래도 불러주고 케이크 절단식도 하니 남편은 더 없이 기뻐했습니다. 저의 동생이 형부 생일이라고 남편 친구들까지 초대하며 저녁을 대접하니, 친구들은 너는 좋겠다며 부러워들 했습니다. 아들은 멀리 있어 함께 참석하지 못해서 아쉬

웠지만 우리 딸, 동생, 조카, 남편 친구분들 모두 같이 보낸 남편의 생일
은 참 즐거웠고 남편도 많이 좋아했습니다. 하지만 남편 생일 며칠 전부
터 태풍이 와서 남쪽과 강원도 전국이 비 피해를 입은 곳이 많았고, 서
울도 딸이 우리 집에 올 때 길이 여러 군데 통제 되었다고 해서 오는 데
어려웠다고 했어요. 6월 말에 친구들과 놀러 갔었던, 경치 좋았던 영월도
태풍 때문에 다 망가진 것을 보고 속이 상했고 태풍과 비 때문에 수재민
도 많이 생겨나고 여러 가지 안 좋은 일들이 생겨서 걱정이 많습니다.
　지금도 다시 비가 많이 오고 있어서 수재민들은 어떻게 지내는지 걱정
이 많이 드네요.

사랑

신화자

사랑은 오래 참고 사랑은 온유하며, 투기하는 자가 되지 아니 하며, 사랑은 자랑하지 아니하며 교만하지 아니하며 예의 해치 아니하며, 자기의 유익을 구치 아니하며, 성내지 아니하며, 악할 것을 생각지 아니하며, 불의를 기뻐하지 아니하며, 진리와 함께 기뻐하고 모든 것을 참으며 모든 것을 믿으며 모든 것을 바라며 모든 것을 견디느니라.

그런즉 믿음, 소망, 사랑이 세 가지는 항상 있을 것인데 그중에 제일은 사랑이리라.

경원대학교 사회봉사단 집현전반 선생님께 머리 숙여 감사드립니다.

고맙다 친구야

송기문

오늘 나는 이런 일이 있었습니다. 한글을 배우려고 학교에 가는 길이었습니다. 길을 가다 넘어졌습니다. 발이 많이 아팠습니다. 아픈 것을 참고 금요일 한글을 다 배우고 집으로 돌아왔습니다. 발이 너무 많이 부었습니다. 그때 마침 친구가 찾아왔습니다. 발이 많이 붓고 멍이 새파랗게 들은 걸 친구가 보더니 병원에 가 보자고 하였습니다. 병원에 가서 엑스레이를 찍었습니다. 뼈가 부러졌다고 했습니다. 나는 깁스를 하고 친구와 같이 집으로 돌아왔습니다.

우리나라를 위해서 글 씁니다

정환임

우리나라 대한민국 월드컵 만세 대한민국 승이 되었습니다. 경원대학교에서 많이 배웠습니다. 우리나라 최고의 태국전사 우리나라 깃발 휘날리면서 온 세상 사람들 기뻐했습니다. 온 국민 한마음 된 것 같았습니다. 대한민국 만세 만세 만세요 6월 13일 입니다. 생각할수록 감사했습니다. 우리 태극전사 용감합니다. 아드보카트 감사합니다. 하나님 감사합니다. 토고 이겼습니다. 이대일로 이겼습니다. 경원학교 고맙습니다. 선생님 여러분 고맙습니다.

울릉도 동남쪽 뱃길 따라 이백 리 외로운 섬 하나 새들의 고향 그 누가 아무리 자기네 땅이라고 우겨도 독도는 우리 땅. 지중왕 십삼 년 섬나라 우산국 세종실록 지리지 오십 페이지 셋째 줄 하와이는 미국땅 대마도는 몰라요 독도는 우리 땅. 우리 땅 대한민국 우리 땅.

50년 전 고향 친구에 대해

오춘애

어렸을 적부터 눈만 뜨면 같이 다니며 밤까지 놀면서 잘 때만 떨어져 지내던 친구가 있었습니다. 그 친구와는 열다섯 살까지 함께 지냈습니다. 고향 친구네 집은 부잣집이라 친구는 중학교도 다녔고, 또 친구네는 우리집을 도와주었습니다.

저는 집이 어려워 학교를 다니지 못 하고 열여섯 살에 서울에 와서 직장을 다녔습니다. 그리고 스무 살에 결혼을 하면서 친구한테 연락을 하지 않았습니다. 왜 그랬냐면 제가 나이를 먹고 보니 자존심이 생겨 연락을 하지 않았던 것입니다. 저는 친정에 가도 살짝 갔다 오곤 하면서, 만약 친구가 형제들한테 물어도 가르쳐주지 말라고 했습니다.

어느 날 우리집 우체통에 편지 봉투가 하나 꽂혀 있었습니다. 영감님이 봉투를 저한테 갔다가 주어서 보니, 봉투에 고향친구 이름이 써져 있었습니다. 그것이 40년 만의 연락이었습니다. 깜짝 놀라 봉투를 열어보니 하얀 종이 두 장이 아주 까맣도록 글씨가 써져 있었습니다. 어렸을 적 놀던 시절의 이야기가 써져있어 저는 눈물이 났습니다. 저는 글씨를 늦게 배웠지만 답장을 했습니다.

지금은 전화로 서로 연락을 잘하며 지내고, 친구가 서울에 오면 우리집에서 쉬었다가 갑니다. 옛날에는 친구네가 잘 살았었는데, 결혼을 하고 잘 풀리지 않아서 지금은 어렵게 지냅니다. 그래서 우리 집에 오면 차비도 주고 옷도 사줍니다. 어렸을 때 한때는 제가 친구를 부럽다고 했는데 지금은 친구가 저를 부럽다고 합니다.

오랜 시간 동안 잠시 떨어졌지만, 지금은 함께 인 친구와 영원히 우정 변치 않고 잘 지냈으면 좋겠습니다. 그리고 친구가 항상 건강하고 행복하길 바랍니다.

내가 살던 고향은

김귀순

　내가 어렸을 적 고향은 집 앞에서는 냇물이 흐르고 그 주위에는 큰 칼바위산이 있었습니다. 칼 바위산 앞에는 큰 정자나무가 있고 정자나무 밑에는 어르신들이 휴식을 하고 계십니다. 봄에는 개나리 진달래가 피었고 여름에는 냇물에서 수영을 했고 소라도 잡았습니다. 가을에는 산이 푸르고 곡식을 거두었고 겨울에는 서로 모여 감자랑 고구마를 구워먹었습니다. 선생님 고맙습니다.

성남시의 어제와 오늘

차성호

지금 성남이 옛날에는 경기도 광주단지로 부르던 곳이랍니다. 70년도에 광주단지 이름을 바꿔 성남이라고 붙이고, 서울 청계천 판자촌집 철거민들을 다 성남으로 들여보냈답니다. 70년, 80년도에는 성남 사람이 살아가는 생활수준이 너무나 어렵고 비참했답니다. 그 당시에 어디 사냐고 물으면 성남에 산다고 떳떳하게 못하고 고개를 숙이며 얼버무렸답니다. 이렇게 성남 사람들이 한 때는 무시당할 때도 있었습니다. 성남을 내세우고 자랑할 만한 것이 하나도 없으니까요.

그러던 성남이 몇 년을 지나고 보니 지금은 경기도에서 제일가는 성남이 되었습니다. 이제 성남에 인구도 백만 인구를 획득하고 세금도, 생산도, 소비도 모든 게 다 일등으로 달립니다. 어느 도시 못지않게 지금은 훌륭한 성남 도시가 되어갑니다. 이곳, 저곳에 시장도 많이 생기고 공장이나 건물도 짓고 중·고등학교도 생기고 성남에도 훌륭한 경원전문대학교가 생기고 지금에는 경원 4년제 대학교로 편입되고 훌륭하신 이길여 총장님이 계시는 중에 여러 박사님 교수님들이 계셔서 대한민국에서 제일가는 경원대학교 사회봉사단 집현전반이 생겨 이광정 지도교수님이 한글을 모르고 살아온 할머니, 어머니들, 여태껏 살며 눈을 뜨고도 못 보는 장님이나 다름없는 그 많은 분들을, 까막눈을 보게 해주서서 얼마나 고마운지 모른답니다.

경원대학교 사회봉사단 집현전 반에서 한글을 모르시는 분들을 가르쳐 주신다는 소문을 듣고, 경기도 광주, 모현, 신갈, 이천, 서울 아현동, 천호동,

한남동, 개포, 잠실, 성남은 말할 것도 없고 여러 곳에서 오시는 어머니들을 맞이하여 한글을 잘 모르는데도 정성을 다 해 가르쳐주셔서 고마워한답니다.

훌륭하신 교수님들 존경합니다.

차성호 인생은 어느새 벌써 육십이 지나 칠십 길로 바싹 다가오고 있을 때 한글을 모르고 살아갈 때 얼마나 답답하고 폭폭했는지, 그 말을 어찌 다 말로 할까요. 모두가 어렵고 가난했던 시절을 타고 난 차성호는 열한 살 때 6·25사변을 만나 부모님 슬하에서 다니던 학교를 그만 중단을 하고 그 당시 부모님은 여자라고 공부 가르치는데 신경을 안 썼던 것 같습니다. 지금 같으면 자식들 교육 시키는 것을 중요시 생각 할 텐데.

차성호는 육십 살이 넘어서도 한글을 배울 기회가 있다는 게 참으로 얼마나 기쁘고 좋은지 말로 표현할 수가 없습니다. 차성호가 집현전 반 한글 배우러 간 년도는 2003년 4월 초로, 지금까지 삼년 넘게 다니면서 결석은 세 번 밖에 없습니다. 꾸준히 다니면서 교수님들의 훌륭하신 가르침을 잘 배웠습니다. 이런 글을 쓸 수 있다는 게 다 교수님들 덕분입니다.

무더운 여름방학에도 쉬지 않고 어머니들한테 한글, 한자라도 가르쳐주시려고 일념의 노력을 다 하시는 것을 볼 때 차성호는 마음속으로 열심히 노력하여 배워야겠다는 다짐을 합니다.

차성호가 글을 배웠기에 옛날의 성남이란 데가 이렇게 살아 온 것을 다 글짓기에 적어보기도 합니다. 지금도 많이 받침 틀리고 문장이 어색하지만 더 열심히 배워서 먼 훗날 차성호 인생에 살아가는데 큰 보탬이 되겠습니다.

긴 장마철 끝나고 본격적인 무더위가 찾아온다고 합니다. 교수님들 건강 유의하시길 빕니다.

돌아오는 화요일 날 뵙겠습니다.

2006년 7월 29일 낮 2시경 씀
차성호 올림

내 고향

서춘자

내 고향 강원도에는 아름다운 곳이 많습니다. 청량리역에서 관광 열차를 타고 정선역에서 내립니다. 거기에서 십분 쯤 가면 정선 장이 있습니다. 우리 고향 전통 음식이 여러 가지 많이 있습니다. 산에서 뜯어온 취나물도 있고 더덕 약초도 많습니다.

거기에서 구경을 하고 버스를 타고 오십 리쯤 가면 화함 동구리가 있습니다. 거기에서 구경을 하고 십 리쯤 가면 화함 약수터가 있습니다. 약수터로 가다보면 그림 바위가 있습니다.

봄에는 꽃이 예쁘게 핍니다. 가을에는 붉게 물든 단풍잎들이 너무나 아름답습니다. 사람들은 고향을 떠났지만 약수터는 내 고향을 지키고 있습니다. 약수터는 관광지로 되었습니다.

선생님들께 죄송합니다. 받침이 잘 안됩니다. 앞으로 열심히 배워서 잘 쓰게 하겠습니다.

부록

집현전반 선생님들 소감

집현전반 현황

나이 많은 선생님을 대하는 느낌

박찬식

아마 내가 집현전반과 인연을 맺은 것은 1995년이다. 당시 한글무상 교육프로그램인 집현전반이 만들어질 때부터 선생으로 활동을 하게 되었다. 처음에는 강의 교재도 없어서 주변에서 도움을 받아서 사용하다가 교재를 만들기 시작했는데, 지금은 경원대학교의 지원에 힘입어 교재도 직접 만들어서 사용하고 있다.

봉사활동으로 그간에 많은 수상도 하였다. 이는 아래와 같다.

2001. 11. 14.	경기도 자원봉사대회 최우수상
2002. 12. 23.	경기도 자원봉사대회 노력상
2002. 12. 26.	성남시 자원봉사대회 최우수상
2003. 12. 03.	중앙일보 봉사상
2004. 10. 11.	동아일보 보도
2004. 12. 10.	경기도 자원봉사대회 우수상
2005. 5.	한국대학사회봉사협의 전공관련상금지원을 받음
2005. 9.	한국대학사회봉사협의 전공관련상금지원을 받음

위와 같은 수상 때문에 그런 것은 아닐 것이다.

처음에는 힘들기만 했던 교재 만드는 작업이 10여 년이 지난 지금에는 나에게 배우는 학생들이 아닌 나의 인생 선생님들을 위한 책이라는 생각에 힘이 절로 난다.

당시에는 그저 한글을 모르시는 어르신들에게 한글을 가르치는 단순한 일이란 생각에서 시작했다. 집현전반에서 공부하시는 학생들은 연령으로 볼 때 나의 부모님과 같은 세대의 분들이시다. 나는 집현전 학생들과 자주 마주하게 되면서 부모님과의 사이가 한결 좋아지는 결과를 가져오게 되었다. 나는 집현전반 학생들을 통하여 내가 이해를 못하던 부모님에 대하여 제3자의 입장에서 생각할 수 있는 계기를 가지게 된 것이다. 한글 공부에서는 나의 학생들이지만 세상을 보는 눈이나 나의 부모님이 하고 계신 생각을 이해하는 데는 그야말로 더할 나위 없는 내 선생님들이셨던 것이다. 요즘은 이러한 분들을 모시고 한글 교육을 할 수 있는 것이 얼마나 나로 하여금 즐겁고 행복하게 만드는지 모른다.

집현전반은 수업이 10시에 시작된다. 그런데 학생들은 8시면 학교에 나와서 공부를 하기 시작한다. 하루도 아니고 거의 매일 그렇게 나오시는 것이다. 물론 한글을 배우지 못한 것에서 오는 것이라 단순히 말할 수도 있을 것이다. 그러나 나는 그렇게만 보고 싶지 않다. 일찍 나오는 나이 많은 모습은 집현전 학생분들이 평생 살아온 삶에 대한 자세라고 할 수 있을 것이다. 그런 모습이야 말로 그분들이 평생을 살아오시면서 터득한 것일 것이다. 그분들은 오직 성실함 하나만으로 세상을 살아 오셨으리라는 생각이 들자 고개가 속여지고, 숙연한 마음이 들기까지 한다. 이러한 분들보다 더 좋은 인생의 선생님들은 드물 것이다. 나의 학교 생활을 즐겁게 해주시는 내 인생의 선생님들 부디 건강하시어서 오래도록 오래도록 볼 수 있게 해주십시오.

선생님, 이제는 은행에 갈 수 있어요

김진호

유난히도 더운 2008년 여름 어느 오전.

"자, 어머님들 따라 읽으세요."
"네"
"기역, 니은, 디귿…, 가, 갸, 거…"
"기역, 니은, 디귿…, 가, 갸, 거…"

어느 유치원, 초등학교의 한글 수업을 연상하거나 1930년대 농촌 계몽 소설『상록수』의 한 장면을 떠올리시는 분이 계실지 모르겠지만 오늘 바로 우리 주위의 현실입니다.

어린 시절 해마다 생일이면 시골에 계시던 할머니께서는 비뚤비뚤 서툴고 맞춤법도 맞지 않는 생일축하 편지를 보내주셨습니다. 어렸던 저는 초등학교만 다니면 누구나 쓸 수 있는 한글을 잘 쓰지 못하시는 할머니가 이상했고, 또 부끄러웠습니다. 그러나 그러한 생각은 우리의 지난 역사를 알게 되면서부터 조금씩 변화하였고, 글을 배우지 못한 한을 가지고 살아오신 분들을 만나면서 문맹의 아픔을 같이 할 수 있었습니다.

지금부터 13년 전, 성남 중심의 인근 주민을 대상으로 한 무료 한글교육과정인 경원대 사회봉사단 소속 집현전에서 한글을 가르치게 된 첫 날, 한 어머님이 눈물 섞인 목소리로 하셨던 인사 말씀이 지금도 잊혀지지 않습니다.

 글자를 모르고 숫자를 몰라 버스도 제대로 타지 못하시고 은행 한 번 관공서 한 번 자신있게 가지 못했다는 어머님의 울음어린 회고는 그 곳에 모인 많은 어머님들 모두의 아픔이고 손주에게 사랑한다는 편지조차 쓰지 못했던 제 할머니의 한이었습니다. 방학 때 시골에 찾아 할머님을 뵈면서도 왜 한글 한 번 손잡아 함께 써드리지 못했었나 하는 후회와 함께, 내어머니같고 할머니 같으신 분들의 눈을 트여드리고 싶다는 소망으로 한글교육에 동참한 지 벌써 13년이란 시간이 흘렀습니다.

 현재 저희 집현전 수업은 초급, 중급, 상급 각 과정별로 주 3일(월·수·금) 수업에, 하루 2시간씩 진행되고 있습니다. 연로하신 그 분들에게는 하루 2시간의 주 3일 수업이 만만치 않은 시간일텐데도 배움에 배고픈 어머님들은 오전 10시부터 오후 4시까지 진행되는 과정의 수업을 모두 듣고서야 집으로 향하십니다. 장시간에 진행되는 수업을 위해 손수 도시락을 싸오셔서 이웃 분들과 식사를 하시는 모습을 뵈면 마치 초등학교의 즐거운 점심시간을 보고 있는 듯합니다.

 언젠가는 어느 어머님이 점심 도시락을 준비해 오셔서 교탁 밑에 넣어두시고는 부끄러워 차마 말씀은 못하시고 눈이 마주치자 교탁을 보라며 손짓을 열심히 해주신 기억도 납니다. 지금도 철마다 고구마며 밤, 계란을 삶아 주시고 우리 선생님 목이 아플 거라며 음료수를 뽑아 주시기도 하십니다.

 서로 같은 처지의 삶을 살고 비슷한 연세에 공부를 하시다보니 어려울 때 서로들 이해하며 격려하며 생활하시는 모습 또한 아름답습니다. 그러나 가끔씩은 어린 아이마냥 다투시기도 합니다. 한 자라도 더 배우시고 싶은 마음에 칠판의 글씨가 더 잘 보이는 자리를 차지하시려고 하시고, 받아쓰기 시험을 볼 때 떠드는 분이 계시면 조용히 하라시며 연세 많으신 분이 호통도 치십니다만 다들 그 마음을 이해하시기에 너그럽게 웃으시며 넘어가십니다.

그렇게 열심히 공부를 하시고 한 글자 한 글자를 깨우치시고 나서는 저에게 편지를 보내시고는 "혹시나 틀린 글자가 있으면 어떻게 하지?" 하는 그러한 조바심으로 나를 쳐다보시는 모습이 아직도 기억에 생생합니다. 또 상기된 얼굴로 찾아와 들뜬 목소리로 "선생님, 어제 은행에 가서 제가 직접 돈을 찾았어요. 제가 태어나서 처음으로 제 손으로 했어요."라며 그 감동을 저에게까지 전해주신 분도 계시고, 이제는 손자들에게 편지도 쓸 수 있다며, 거리의 간판도 혼자서 읽을 수 있다며 아이들처럼 기뻐하시는 분도 계셨습니다.

비록 선생님과 학생이라는 관계이지만 인생의 선배로서 여러 어머님 그리고 할머님들의 모습을 통해 오히려 가르치는 제가 배우는 것이 훨씬 많습니다. 지금보다 모든 것이 어려웠던 격동기의 세월을 보내시면서 자신보다는 자식들을 위해 희생하시고 비록 많이 배우시지는 못했지만 삶의 하루하루가 인생의 지혜가 되어버린 어머님들. 온갖 어려움 속에서도 자녀들은 자신과 같은 한을 만들지 않겠다며 대학 교육은 물론이고, 석사, 박사 그리고 유학까지 보내신 분들입니다. 때로는 친자식을 걱정하시듯 저를 걱정해주시는 그 분들의 모습에서 제 어머니와 할머니의 모습을 발견하기도 합니다. 그래도 아들, 손자뻘 되는 제가 그분들에게는 조금은 어려운 모양입니다. 교정에서 저를 보시고 비쭉비쭉 하시는 모습은 흡사 초등학교에 갓 들어간 학생이 선생님을 대하는 것과 같습니다.

어느 대학 어느 학생들보다 열과 성을 다해 학습에 정진하시는 우리 어머님들께 제 바람은 꼭 한 가지뿐입니다. 연로하신 그분들의 무거운 발걸음이 더 가벼워질 수 있도록, 아무쪼록 건강하시길 바라는 것입니다. 하루라도 더 오래 이 분들을 뵙고 싶기 때문입니다. 글을 읽고 쓰는 등의 제가 지금껏 누려왔던 많은 일상에 감사하는 마음을 가지게 해준 우리 어머님들과, 오래도록 이 작지만 무엇보다 큰 기쁨을 함께 나누고 싶습니다.

향기로운 사람들

이태환

한 숨 한 숨의 입김이 눈으로 보이는 때가 되었을 때 대학교 강의실에 들어가 보신 적이 있습니까? 요즘은 대부분이 온풍기로 바뀌어 느낄 수 없지만 라디에이터가 있는 강의실에서는 그만의 향기가 있다는 것을 느껴 본 사람은 알 수 있을 겁니다. 따뜻한 기운과 함께 습기가 배어 있는 그 느낌과 향기를……. 강의를 들을 때 그 노곤함에 취해 학구열의 끈을 잠깐씩 놓치기도 하고, 낮술에 취한 것처럼 상기된 얼굴이 되기도 했던 그 느낌이 가끔씩 그리워질 때가 있습니다. 지금은 강의를 들을 기회보다 하는 기회가 많다 보니 느낄 수 없지만 말입니다.

사람들은 그마다의 독특한 향기가 있습니다. 남녀노소 각각의 향기를 비롯하여 그 사람만의 고유의 향기 등등. 이 중 강의실에서 느낄 수 있는 향기는 학생의 향기와 교사의 향기가 아닐까 싶습니다. 학생의 향기 중에서 그 으뜸은 학구열에서 뿜어져 나오는 향기라 여겨집니다. 한 글자라도 놓치지 않으려 돋보기 안경을 연신 올려 쓰며 맑은 눈으로, 굳게 연필을 쥔 손으로 저를 바라보는 그 모습과 향기 말입니다.

좋은 수업이라는 것이 교사의 노력과 학생의 열정이 만나 꽃을 피우는 것이라 하겠지만, 학생의 열정이 없다면 그 모든 노력이 허사라는 것을 알기에 저는 집현전반 수업에 그 고마움을 항상 느끼고 있습니다. 저에게 있어 최고의 강의는 향기로운 강의실 안에서 향기로운 학생들과 함께 하는 수업입니다. 그 향기로운 학생들이 바로 저의 학생이자 어머니요, 인생 선배님인 집현전반 학생들입니다.

늘 뒷자리에 앉아 큰 목소리로 즐거움을 주시는 명희 어머니.

평소 궁금한 것이 많아 질문을 자주 하시는 친절한 금자 어머니.

동그란 눈을 반짝이며 앞줄에 앉아 열심히 공부하시는 두지 어머니.

시원시원한 목소리로 수업 분위기 잡아주시는 경숙 어머니.

"아유~ 난 잘 못해요"라고 작은 목소리로 부끄럽게 말씀하시는 영자 어머니.

……

이렇게 각각의 향기를 가지고 계신 우리네 어머니들.

이런 향기로운 학생들과 함께 하는 저는 분명 행복한 사람입니다. 하여 오늘도 향기로운 학생들과 함께 할 수 있는 향기로운 교사가 되기 위하여 다시 한 번 마음을 잡아봅니다.

덧붙임 지면 관계상 다섯 분만 이야기했다고 질투하시면 안 됩니다. ^^

어머니들의 꽃대

유문학

젊은 선생님의 책 읽는 소리를 따라 또박또박 따라 읽는 희끗한 머리들의 무리. 마치 초등학교 교실을 연상시키는 "집현전반"의 분위기는 그러나 자못 엄숙하곤 했다. 아이들처럼 낭랑한 목소리는 비록 아니지만 인생의 경험과 공부에 대한 열정이 잔뜩 묻어있는 정열적인 목소리들의 합창. 대학교 시절 봉사차원에서 한두 번 들어갔던 "집현전반"은 나에게 잊을 수 없는 커다란 첫인상을 그렇게 남겨주었다.

학부를 졸업하고 대학원에 들어와 이젠 제법 머리 좀 굵어졌다고 생각하는 내게 "집현전반"은 여전히 가슴 후끈거리게 만드는 뭔가가 있다. 평균 나이 60이 넘는 고령자들로 더군다나 여성들로 구성된 "집현전반"은 얼핏 서울여대나 이화여자대학을 능가하는 여대의 수업을 연상시키곤 하는데, 수업 시간 내뿜는 열정의 기운이나 쉬는 시간 재잘대는 담화 소리는 그들이 과연 예순이 넘은 할머니들인가 할 수 있게 기운이 넘쳐 보인다.

때로 쉬는 시간이면 맵시 있게 생긴 젊은 여학생들이 건네는 원두커피보다 선생님이라고 200원 짜리 고급 자판기커피를 뽑아 흘릴까 조심스럽게 건네는 그네들의 따스함이, 내용물이 보일까 검은 비닐봉투에 담은 이열 종대로 줄 맞춰 선 메일 요구르트가 내 밋밋한 가슴을 데우는 데 무슨 이유가 있을까?

또한 더운 여름에도 먼 길을 마다않고 와서 경사 높은 학교 길을 걸어 올라오는 이들의 모습은 마치 고행 정진하는 순례자의 모습을 연상시킨다.

"어머니, 쉬엄쉬엄 다니세요. 그러다 병나면 어쩌시려고요?"
"선상님도 참, 이 나이에 언제 또 배울 기회 있감요? 몸 성할 때 부지런히 댕겨야지!"

60년에 한 번 핀다는 대나무꽃.
못 배운 한과 이대로 끝낼 수는 없다는 강한 의지가 60평생 몸 구석구석에 마디를 만들어 온 세월 속에서 "집현전반"의 어머니들은 모두가 각자 하나의 꽃대를 키우고 계셨다.
"집현전반"이 문을 연지 10여 년이 넘는 시간 속에서 각기 그들의 키운 꽃대들은 모두 키가 틀리지만, 언젠가 그들의 피울 꽃들은 가장 화려하고 향기 풍요로울 것이라 나는 믿어 의심치 않는다.

내가 배우는 한글 수업

임준호

경원대학교 국어국문학과를 졸업하고 1년 후 나는 경원대학교 사회봉사단에서 실시하고 있는 집현전 수업의 강사를 맡게 되었다. 학부생일 때 가끔 들어가 할머니들을 보고 받아쓰기 할 때 도와드린 적은 있었지만 이제는 내가 전담을 하고 맡아야 하는 생각에 처음에는 겁이 나기 시작했다. 그리고 어느새 나는 첫 수업에 들어가 있었다.

수업시간에 나는 할머니들에게 책을 읽어 드리고 책에서 어려운 단어들에 대해서 같이 이야기 해 보고 직접 써 보기도 하였다. 내가 얼마만큼의 도움이 되어 드렸는지는 모르지만, 나는 이 수업으로 인해서 참 많은 것을 배우게 되었다.

가끔은 하기 싫은 공부, 그리고 대학 생활을 하면서 본 현재 대학생들의 지각, 그리고 결석, 그리고 수업시간의 분위기. 난 집현전 할머니·아주머니 학생에게서 현재의 대학생들이 배워야 한다고 생각하였다. 한번 결석을 하면 나눠 주었던 프린트 다시 달라고 하시는 분, 지각해서 미안하다고 하며 들어오시는 분, 어린 나에게 선생님이라고 깍듯이 하시는 분들, 모두 모두 나에게는 배움의 대상이었다. 수업시간 내내 잘 안 보인다고 글씨 좀 크게 써달라고 하시는 분에서부터 안 들린다며 크게 읽어 달라고 하시는 분, 그리고 수업 끝내기 전에 한 번만 더 읽어 주고 써달라는 분까지 모두가 그렇게 열정적으로 공부하는 모습에 나는 그분들에게 알려 드린 것보다 내가 얻은 배움이 더 큰 것만 같아 죄송하기만 하다.

　더운 여름날, 세종관까지 올라오시는 걸음을 하시며 배움에 대한 열망
으로 가득 찬분들의 눈을 보면 '내가 열심히 하지 않으면 안 되겠구나.'
라는 생각이 들었다. 처음 수업은 책을 읽고 받아쓰기만 하던 내가 이제
는 수업 들어가기 전에 혼자서 인터넷을 뒤져 보며 더 알려드릴 것은 없
는지 또 혹시나 내가 맞춤법이 틀릴까봐 교정 작업까지 하면서 있는 나
를 보면 난 그분들에게 감사의 마음을 어떻게 전해야할 지 모르겠다.

　그리고 그분들 생각에 나도 조금은 더 열심히 공부해야겠다는 생각이
들었다. 그리하여 그분들처럼 나도 열심히 노력하려고 한다. 아직 그분
들의 열정에 미치지는 못하지만 최선을 다 할 것이다.

　그리고 할머니·아주머니들이 알려 주신 배움을 다시금 할머니·아주
머니에게 되돌려 줄 수 있도록 수업을 더욱 더 알차고 재미있게 준비해
야겠다고 또 한 번 다짐한다.

✔ 집현전반 현황

I. 연혁

1995. 11. 경원대학교 사회교육원 '집현전반' 설립
'집협전반' 지도교수 : 이광정
강사 : 박찬식, 김진호, 장권순, 허유진, 김정아, 최보라미

1996. 05. 제1회 '집현전반' 문화탐방(영릉)
1996. 12. 제1회 수료식
1997. 12. 제2회 수료식
1998. 12. 제3회 수료식
1999. 12. 제4회 수료식
2000. 12. 제5회 수료식
2001. 11. 경기도 자원봉사대회 최우수상
2001. 12. 제6회 수료식
2002. 12. 제7회 수료식
　　　　　경기도 자원봉사대회 노력상
　　　　　성남시 자원봉사대회 최우수상
2003. 03. 주무부서 변경(사회교육원 ⇒ 사회봉사단)
2003. 12. 제8회 수료식
　　　　　중앙일보 봉사상
2004. 05. 제2회 '집현전반' 문화탐방(청남대)
2004. 12. 경기도 자원봉사대회 우수상
2004. 12. 제9회 수료식
2005. 10. 제3회 '집현전반' 문화탐방(종합영화촬영소 및 영릉)
2005. 12. 제10회 수료식
2006. 11. 제 4회 '집현전반' 문화탐방(통일전망대 및 공릉)
2006. 12. 제10회 수료식
2007. 02. 제11회 수료식
2008. 02. 제12회 수료식

Ⅱ. 교육 목표

1. 봉사활동 프로그램 동기와 목적

대학은 연구, 교육, 사회봉사의 3대 기능을 효과적으로 수행해야 한다.

우리 경원대학교는 사회봉사의 일환으로 여러 가지 사회봉사프로그램을 마련하여 평생교육 및 대민지역사회 봉사를 하고 있다. 그 중의 하나로 한글을 모르는 소외계층에게 한글무상 교육을 실시하는 교육프로그램 집현전반을 운영하고 있다.

1995년 시작하여 2005년 5월 현재까지 약 10여 년간 이 교육프로그램을 운영하고 있다. 이 교육에 참여한 사람은 연인원 약 1,000여 명으로 추산된다.

2005년 1학기 현재 연인원 약 150명으로 3개 과정(초급반, 중급반, 상급반)으로 운영하고 있다. 대상지역은 경원대학교 인근의 성남시, 용인시, 서울 송파, 이천시, 하남시 등 넓은 지역의 문맹자들이 참여한다.

참여하는 학생들의 연령대는 주로 40대, 50대, 60대가 주를 이루나 70대도 적지 않다. 이들은 정규교육의 혜택을 받지 못한 소외계층의 사람들이 주류로 대부분 여성들이다. 이들은 정규교육을 받지 못했다는 스스로의 자괴감 등으로 지역사회에서 실시하는 사회교육프로그램에도 참여하지 못하고 있다. 이 프로그램을 이수한 후, 한글해독은 물론 독서능력 등이 상당 수준에 이른 뒤에도 많은 사람들이 본교의 교육 프로그램에는 수년째 계속적으로 참여하고 있다. 새로운 내용을 배우려는 욕망과 배운다는 것 자체가 무한한 기쁨으로 생각하고 있기 때문이다. 그리하여 방학 중에서 강의를 계속해주기를 열망한다.

이러한 이유로 우리는 매년 교과서를 내용을 대대적으로 개편하고, 교육내용을 새로운 내용으로, 질적으로 높여야 하는 어려움이 따른다. 2000년 이전까지는 초등학교 등 기존의 교재를 사용하였으나, 2000년 이후 매년 3권씩 2회(초급, 중급, 상급) 모두 6권의 교재를 개편 제작하여 무상으로 제공하고 있다. (*별첨 2005년 교재참조)

학교에서 여러 가지 소요 비용을 전폭적으로 지원해주고 있으나 비용이 보다

넉넉하다면 보다 좋은 교재개발을 할 수 있을 것이며, 때때로 문화체험 등 다양한 현장학습을 계획하고 실천할 수 있을 것이다.

이 교육프로그램의 목적은 지역사회에 봉사를 하여 정규교육의 혜택을 받지 못한 소외계층에게 교육의 기회를 제공하여 그들의 삶의 질을 높여주고, 스스로 각종 지역사회활동에 적극적으로 참여할 수 있도록 도와주려는데 목적이 있다.

2. 전공 관련성

국어국문학과의 전공과목은 한국의 언어와 문학을 중심으로 하여 한국문화 전반과 연계되어 있다. "문맹퇴치(文盲退治)"란 가장 기본적인 단계에서 출발한 이 한글교육프로그램은 한글의 읽기쓰기 뿐만이 아니라 다양한 문화 교육도 병행하고 있다. 국어국문학과 전공학생들은 전공 과목 수강을 통해 습득한 국어와 한국 문학, 문화 전반의 이론을 교육현장에서 적용 활용할 수 있는 좋은 기회이고, 또한 교직과목을 수강하여 국어교사를 희망하는 학생들은 교육자로서의 자세를 익히고 경험을 쌓는 좋은 기회가 된다.

3. 기대효과

10여년 동안 서울·경기 지역의 연인원 약 1,000여명의 문맹자들에게 한글을 교육하고 있는 집현전 반은 현재도 150여명 학생들이 공부하고 있다. 우리 사회에서는 한글을 제대로 해독하지 못한 분들이 의외로 많다. 드러내 놓고 밝히지 못 하는 잠재적인 문맹자는 사회의 문화수준이 높아질수록 역설적으로 더욱 소외된다. GNP 20,000불 시대를 눈앞에 둔 우리 사회는 지역 복지에서 대중의 문화 수혜의 중요성이 증대되는데, 이에 비추어 볼 때 문맹자들에 대한 한글 교육은 한글을 깨우치는 수준에서 그치는 것이 아니라 문화 수준 향상에도 기여해야 한다. 경원대학교의 한글 교육은 문화 교육에도 많은 비중을 두고 프로그램을 운영하고 있다. 국어국문학을 전공하는 학생들은 전공과목 수강을 통해 습득한 국어와 한국 문학, 문화 전반의 이론을 교육현장에서 적용하고 활용하며 지식의 사회 환원을 하는 기회를 갖는다. 나아가 졸업 후에도 사회에 기여하며 봉사할 수 있는 바람직한 시민으로 성장할 수 있다.

Ⅲ. 기구 구성

경원대학교 사회봉사단 '집현전반'은 무상 한글 교육 프로그램으로 1995년 11월 개설 당시에는 사회교육원 산하 기구였으나 2003년도부터 사회봉사단 소속으로 변경되어 현재 아래와 같은 조직으로 구성되어 있다.

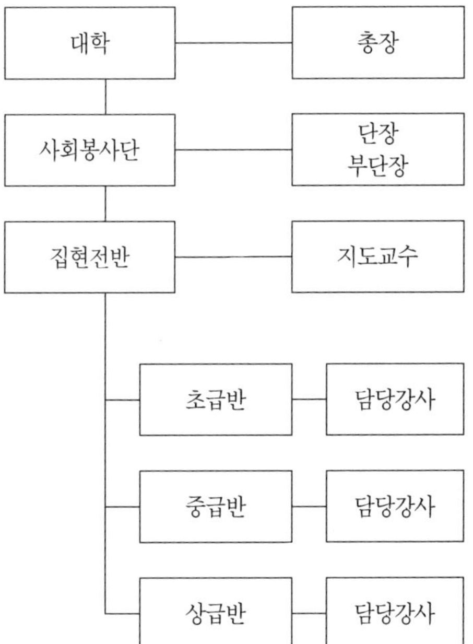

Ⅳ. 교육 과정 및 학사 일정(교재 목차 등)

1. 교육 과정

경원대학교 사회봉사단 '집현전반'은 대상자들의 수준에 맞춰 초급, 중급, 상급 3개 반으로 운영하고 있다.

과정	대상	교육목표	강의 내용
1단계 초급과정	한글교육을 받지 못한 학습자	한글해독을 위한 기초적인 읽기 쓰기의 교육	한글의 자·모음 교육을 통하여 초등학교 1·2학년 수준의 읽기와 쓰기 능력을 기르는 데 목적을 두고 있다. 이에 맞추어 일상에서 흔히 접할 수 있는 간판, 이정표 등을 읽을 수 있는데 중점을 맞추고 있다.
2단계 중급과정	기본적인 자모음을 읽을 수 있는 학습자	한글로 기록된 우리 문화유산에 대한 이해와 교육	겹받침 교육을 중심으로 실제 발음과 표기에서 일어나는 문제점을 해결하는데 목적을 두고 있다. 형태소의 개념을 이해시킴으로써 정확한 쓰기와 읽기를 수행하는데 중점을 맞추고 있다.
3단계 상급과정	일정수준의 쓰기와 읽기가 가능한 학습자	한글 언어문화를 바탕으로 한 우리의 역사, 사회 등 문화생활 전반에 걸친 통합적인 교육	고급 단어 및 문장 등에 익숙하지 못한 학습자를 대상으로 풍부한 어휘 실력 및 신문, 뉴스 등 일상에서 언어생활을 자유롭게 하는 데 목적을 두고 있다. 은행·우체국·동사무소 등 관공서에서의 업무에도 문제가 없도록 중점을 맞추고 있다.

2. 학사 일정

1) 학기 중 강의 일정

학기	기간	요일	강의
1	3월~6월	월, 수, 금	초급, 중급, 상급
2	9월~12월	월, 수, 금	초급, 중급, 상급

1일 6시간 × 주 3회 = 주 18시간

주 18시간 × 16주 × 2학기 = 총 576시간

(학부생과 같이 학기당 16주 – 2개 학기 32주)

2) 방학 중 강의 일정

학기	기간	요일	강의
여름방학	7월~8월	화, 목	초급, 중급, 상급
겨울방학	1월~2월	화, 목	초급, 중급, 상급

1일 6시간 × 주 2회 = 주 12시간

주 12시간 × 8주 × 방학 2회 = 총 192시간

(※ 방학 중의 경우 강사료는 지원되지 않아 약 2개월의 여름방학과 겨울방학을 보내게 되어 있었으나, 다음과 같은 이유로 방학 중 교육을 실시하고 있다. 방학 중 강의 실시의 배경은 학습자들의 연령층이 대부분 50대 이상으로 젊은 학생들과는 달리 기억력의 한계로 인하여 2개월간의 방학이 학습에 있어 큰 문제점으로 나타나 실시하게 되었다. 이것은 학습자들의 요구를 반영한 것으로 실제 방중 교육이 큰 교육효과를 나타내었다. 또한 방중 교육에 있어 초급 과정을 두 반으로 나누어 교육하고 있다. 이는 처음으로 집현전반에 등록하여 자·모음을 전혀 모르는 초급반 학습자를

대상으로 특별반을 만들어 자·모음 및 한글의 기본 교육을 별도로 실시하고 있기 때문이다.)

3. 교재 구성

11년의 집현전반 교육 과정 중 중요한 것 중의 하나가 교재의 개발이었다. 한 동안 우리는 <초등학교 교과서>를 위시하여 기존의 여러 교재들을 가지고 수업을 하였다. 그러나 늘 마음에 미흡하게 생각되어 교재개발을 하게 되었다. 그리하여 2000년 3월 <초급반 Ⅰ>, <중급반 Ⅰ·Ⅱ>, <상급반 Ⅰ·Ⅱ> 등 5권을 개발하여 무상으로 제공하였다. 2001년에는 이들 교재를 수정 보완하여 6권의 책으로 만들었다. 매학기마다 증보하여 사용하였다. 이렇게 교육이 시작된 전반기에는 주로 교육방법에 초점을 맞추어 진행되었으나, 집현전반의 주무부서가 사회교육원에서 사회봉사단으로 바뀐 2003학년도를 기점으로 많은 변화가 있었다. 기존 교재의 경우 언어 교육의 이론에 맞추어 단선적으로 구성되었다. 그러나, 2003학년도 이후 현행 교재에서는 언어 교육 이론은 기본으로 하여 단계별, 주제별로 정리를 하였으며, 실생활 위주 - 신문 기사나 뉴스 등에서 사용되는 언어 등 - 로 교재를 구성하였다. 특히 집현전반과 관련하여 국어국문학과에서 지원 받은 <한국대학사회봉사협의회 전공관련 연계 사회봉사 활동 지원 사업>에 선정되어 교재 구성을 더욱 알차게 진행할 수 있었다. 2004학년도 2학기부터 책자의 크기도 달리하고, 또 새로운 내용으로 개편하였다. 그간 개발한 책은 6종 35권에 달하고 있다.

Ⅴ. 수료자 현황

1. 연도별 수료자 현황

연도	초 급	중 급	상 급	합 계
1995	45	52	34	131
1996	48	51	42	141
1997	41	47	45	133
1998	49	50	46	145
1999	50	56	51	157
2000	55	59	56	170
2000	55	59	56	170
2001	52	60	51	163
2002	53	62	58	173
2003	56	69	57	182
2004	58	66	60	184
2005	55	65	50	170
2006	53	59	49	161
2007	52	56	54	162

Ⅵ. 강사 현황

1. 역대 강사 현황

연도	초 급		중 급		상 급	
1995	장권순	김정아	김진호	허유진	박찬식	최보라미
1996	장권순	김정아	김진호	허유진	박찬식	최보라미
1997	장권순	김정아	김진호	김미령	박찬식	최보라미
1998	장권순	김정아	김진호	한명섭	박찬식	임재우
1999	장권순	김정아	김진호	한명섭	박찬식	임재우
2000	장권순	김규진	김진호	한명섭	박찬식	임재우
2001	장권순	김규진	김진호	한명섭	박찬식	이태환
2002	장권순	김규진	김진호	한명섭	박찬식	이태환
2003	장권순	김규진	김진호	한명섭	박찬식	이태환
2004	양병남	김규진	김진호	유문학	박찬식	이태환
2005	양병남	엄태식	김진호	유문학	박찬식	이태환
2006	양병남	엄태식	김진호	유문학	박찬식	이태환
2007	양병남	엄태식	김진호	유문학	박찬식	이태환
2008	양병남	임준호	김진호	유문학	박찬식	이태환

2. 현 강사 구성

성 명	박찬식
학력사항	경원대학교 국어국문학과 문학박사 박사논문 "유해류 역학서에 나타난 어휘의 연구"
경력사항	1995. 11~현재 경원대학교 사회봉사단 집현전반 강사 1997. 3~2005. 8 경원대학교 국어국문학과 시간강사 2005. 8~현재 경원대학교 국어국문학과 겸임교수

성 명	김진호
학력사항	경원대학교 국어국문학과 문학박사 박사논문 "특수조사 은/는의 통사의미 연구"
경력사항	1995. 11~현재 경원대학교 사회봉사단 집현전반 강사 1997. 3~현재 경원대학교 국어국문학과 시간강사 2004. 3~현재 경원대학교 국제어학원 한국어과정 주임교수

성 명	이태환
학력사항	경원대학교 국어국문학과 문학박사 박사논문 "한국어 경어법의 역사적 변천에 관한 연구"
경력사항	2001. 9~현재 경원대학교 사회봉사단 집현전반 강사 2006. 9~현재 경원대학교 국어국문학과 시간강사 2004. 9~현재 경원대학교 국제어학원 한국어과정 강사

성 명	유문학
학력사항	경원대학교 국어국문학과 문학박사 박사논문 "이성복과 한치우 초기시의 미적 근대성 연구"
경력사항	2004. 3~현재 경원대학교 사회봉사단 집현전반 강사 2008. 3~현재 경원대학교 국어국문학과 시간강사

성 명	양병남
학력사항	경원대학교 일반대학원 국어국문학과 박사 수료
경력사항	2004. 9~현재 경원대학교 사회봉사단 집현전반 강사 2008. 3~현재 경원대학교 국어국문학과 시간강사

성　명	엄태식
학력사항	경원대학교 일반대학원 국어국문학과 박사 수료
경력사항	2005. 9~2007. 3 경원대학교 사회봉사단 집현전반 강사

Ⅶ. 활동 실적

연　도	내　용
2001. 11. 14.	경기도 자원봉사대회 최우수상
2002. 12. 23.	경기도 자원봉사대회 노력상
2002. 12. 26.	성남시 자원봉사대회 최우수상
2003. 12. 03.	중앙일보 봉사상
2004. 10. 11.	동아일보 보도
2004. 12. 10.	경기도 자원봉사대회 우수상
2005. 5.	한국대학사회봉사협의 전공관련상금지원을 받음(190만원)
2005. 9.	한국대학사회봉사협의 전공관련상금지원을 받음(180만원)

꿈이 이루어졌어요

인 쇄 2008년 8월 2일
발 행 2008년 8월 12일
지은이 경원대학교 사회봉사단 집현전반
펴낸이 이대현
펴낸곳 도서출판 역락
　　　　 서울 서초구 반포4동 577-25 문창빌딩 2층
　　　　 전화 02)3409-2058, 2060 ㅣ FAX 02)3409-2059
　　　　 이메일 youkrack@hanmail.net
　　　　 등록 1999년 4월 19일 제303-2002-000014호
ISBN 978-89-5556-619-2 03810
정 가 13,000원

* 잘못된 책은 교환해 드립니다.